U0105923

中国法学会2006年度部级法学研究课题成果

当代中国中青年法学家文丛

行为与规制：
建设"两型社会"法制保障研究

黄锡生 邓 禾 著

科学出版社

北 京

内 容 简 介

　　伴随全球经济的不断发展，人类正面临日益严重的环境及资源危机。环境问题已成为当代人类社会的重大课题，受到各国政府及学界的重视。资源节约型、环境友好型社会作为一种关于社会发展形态取向的系统理念，已在国际社会得到了普遍认可，各种相关理论学说及实践也精彩纷呈。本书以法律的"行为调整说"作为研究的逻辑起点，以不同社会主体行为对环境的不同程度的影响为着眼点，深入剖析资源节约型、环境友好型社会的目标模式和现实的差异及根源，确定不同行为主体在资源节约型、环境友好型社会建设中的地位和责任。通过立法对各类主体的有关资源不节约、环境不友好的行为予以规制，结合我国的立法实践，以期对我国资源节约型、环境友好型社会的法制保障体系建设有所裨益。

　　本书适用于高等院校从事环境法学研究的学者阅读参考，也可供法学专业高年级本科生、研究生阅读。

图书在版编目(CIP)数据

　行为与规制：建设"两型社会"法制保障研究/黄锡生，邓禾著. —北京：科学出版社，2010
　（当代中国中青年法学家文丛）
　ISBN 978-7-03-026098-7

　Ⅰ. 行… Ⅱ. ①黄…②邓… Ⅲ. 自然资源-资源利用-法律-研究-中国 Ⅳ. D922.604

　中国版本图书馆 CIP 数据核字(2009)第 214977 号

责任编辑：徐 蕊　周向阳/责任校对：李奕萱
责任印制：张克忠/封面设计：耕者设计工作室

科 学 出 版 社 出版
北京东黄城根北街16号
邮政编码：100717
http://www.sciencep.com

双青印刷厂 印刷
科学出版社发行　各地新华书店经销

*

2010 年 1 月第 一 版　　开本：B5（720×1000）
2010 年 1 月第一次印刷　印张：8 3/4
印数：1—1 800　　　　　字数：174 000

定价：28.00 元

（如有印装质量问题，我社负责调换）

序

　　资源节约型、环境友好型社会（简称"两型社会"）是针对我国当前经济、社会发展中存在的突出问题和矛盾提出来的。改革开放以来，我国经济发展取得了举世瞩目的巨大成就，但不可否认，也存在着一系列突出的矛盾和问题。由于过分重视经济增长的速度，特别是 GDP（国内生产总值）增长，客观上对社会发展和人的发展重视不够，我们为此付出了很大的代价，如资源大量消耗、环境严重污染、生态进一步恶化，这反过来又对经济和社会发展造成阻碍，甚至酿成灾难。20 世纪 90 年代以来数次历史罕见的水旱灾害，2003 年的非典疫情给我们敲响了警钟，迫使我们在经济发展模式上作出必要的调整。从 20 世纪 90 年代开始，党中央就制定了快速、协调和可持续发展的方针，特别是制定并开始实施可持续发展战略，开始注意经济发展与资源和人口的协调问题，开始关注人与自然的和谐发展。2003 年 10 月 14 日，党的十六届三中全会通过的《中共中央关于完善社会主义市场经济体制若干问题的决定》指出，必须坚持统筹兼顾，坚持以人为本，树立全面、协调、可持续的发展观，促进经济、社会和人的全面发展。2005 年 3 月 12 日，胡锦涛同志在中央人口资源环境工作会上发表重要讲话，指出："调整经济结构和转变经济增长方式是缓解人口资源环境压力的根本途径，要大力推进循环经济，建设资源节约型、环境友好型社会。"首次提出建设资源节约型、环境友好型社会。同年 10 月 11 日，中国共产党十六届四中全会公报指出："要加快建设资源节约型、环境友好型社会，大力发展循环经济，加大环境保护力度，切实保护好生态环境，认真解决影响经济社会发展特别是严重危害人民健康的突出的环境问题，在全社会形成资源节约的增长方式和健康文明的消费方式。"建设资源节约型、环境友好型社会作为一种社会发展战略出现在党中央的决议里，足见建设资源节约型、环境友好型社会的必要性和紧迫性了。

　　资源节约型、环境友好型社会作为一种关于社会发展形态取向的系统理念，已在国际社会得到了普遍认可，各种相关理论学说及实践也精彩纷呈。尤其是发达国家有关保护环境资源的法律频频出台，法律生态化已成为一种发展趋势，这正是大量法学研究成果对法制推动的结果。2006 年 3 月，笔者在多年从事环境与资源保护法学研究的基础上，以《建设资源节约型、环境友好型社会法制保障研究》为题向中国法学会申报了部级重点课题，并有幸获得批准。

　　环境污染、资源破坏和浪费、生态恶化等现象绝大多数是由人的活动引起的，人的活动不论是生产活动还是消费活动都表现为人的行为。因此，要建设资源节约型、环境友好型社会必须针对人的行为加以约束和规范，这就为法这种以人的行为为调整对象的社会规范提供了得天独厚的优势。基于此，在该课题中，笔者把行为调整说理论作为研究的逻辑起点，以相关的生态哲学、生态伦理学、生态经济学等学科为研究的理论基石，通过对政府、企业、个人、其他社会组织等影响环境和资源的各类社会主体的行为进行梳理，找出其影响环境和生态资源的原因，并以环境友好、资源节约的理念为参照，分别对各类主体在资源节约型、环境友好型社会中的角色和职责进行重新定位，运用综合性思维方式进行深入系统的研究，试图设计出一套完备的资源节约型、环境友好型社会建设的行为模式，构建起一套较为科学完备的法制保障理论体系，从而避免前述理论研究的不足，走出一条"行为—问题—定位—规范"的应用法学研究理路。

承蒙科学出版社和周向阳编辑的大力支持，本课题成果才得以顺利出版，在此表示衷心的感谢。同时我要感谢马骧聪教授、种明钊教授、蔡守秋教授、王树义教授等各位前辈和同仁在研究中给予我的大力支持和帮助。我的博士和硕士研究生王江、峥嵘、徐本鑫、林北水、曾婷、张雪、李蕾、张国鹏、许珂、冯杰、陈晨等同学参加了课题的部分资料收集和整理工作，在此一并表示感谢。当然，资源节约型、环境友好型社会作为一种理念引入法学研究视域是一种新的尝试，囿于手头资料有限，故书中有不当和疏漏之处在所难免，敬请各位同仁不吝指正。

是为序。

作　者
2009 年 7 月

目　录

绪　　论

诗人海涅说过，每个时代都有它的重大课题，解决了它，就把人类社会向前推进了一步。在保证社会经济增长满足人们需求的同时，如何合理利用自然资源和有效地保护环境是当今时代全人类共同面临的重大课题。

人类的生存和发展离不开对环境的改造和对自然资源的消耗。然而，环境与资源的承载力是有限度的。如今，普遍存在的环境不友好、资源不节约的行为，使得环境状况的恶化、自然资源的枯竭成为我们面临的重大课题。把我们的社会建设成为资源节约型、环境友好型社会是我们的奋斗目标。实现这一目标，需要采取综合的保障方式，包括法律的、经济的、技术的、文化的诸多方面。而法律具有强制性、稳定性、权威性和规范性的特征，法律的功能优势使得法制保障在诸多保障方式中起到基础性的作用。

现代意义上的环境污染始于 1800 年前后，与欧洲的工业革命恰好同步。在接下来的 200 多年中，随着资本全球扩张进程的推移，环境污染愈演愈烈。环境危机首先爆发于 20 世纪 50 年代的西方发达国家。当时，经济增长等于一切。1949 年，美国学者福格特在《生存之路》一书中首次把人类对自然环境的过度开发造成的生态变化称为"生态失衡"。

1972 年在瑞典斯德哥尔摩召开了具有重大历史意义的联合国人类环境会议，发表了《人类环境宣言》，确定 6 月 5 日为"世界环境日"，强调保护和改善人类环境的重要性。1987 年世界环境与发展委员会在《我们共同的未来》中，系统地论证了"可持续发展战略旨在促进人类之间以及人类与自然之间的和谐"。1992 年联合国里约环境与发展大会通过的《21 世纪议程》中，200 多处提及包含环境友好含义的"有利环境的"（environmentally sound）概念，并正式提出了"环境友好的"（environmentally friendly）理念。随后，环境友好技术、环境友好产品得到大力提倡和开发。在这一历史阶段，西方国家对"环境友好"的关注点集中于工业所消费的原料、采用的技术和终端产品是否危及环境并影响人体健康。或者说，这一阶段的"环境友好"是与"健康"、"无公害"等概念等同的。

20 世纪 90 年代中后期，国际社会又提出实行环境友好土地利用和环境友好流域管理，同时提出建设环境友好城市，发展环境友好农业、环境友好建筑业等。2002 年世界可持续发展首脑会议通过的"约翰内斯堡实施计划"多次提及环境友好材料、产品与服务等概念，将经济发展、社会进步和环境保护作为可持续发展的三大支柱，对"环境友好"的认同度进一步提高。同时，世界各国开始以全方位的视角认识"环境友好"的理念，涉及的范围涵盖了生产、消费、技术、伦理道德等众多领域。2004年日本政府发表《环境保护白皮书》，明确提出要建设环境友好型社会。

对我国来说，"环境友好型社会"是个新名词，但是与环境友好相处的思想却是古已有之。《周易》的"天人合德"，主张"厚德载物"。庄子的"物无贵贱"、"泛爱万物，天地一体"、"天地与我并生，万物与我为一"，主张人与自然界息息相关。孟子和荀子主张"仁民爱物"。明代哲学家王守仁在《传习录》中讲，禽兽、草木山川等"天地万物，与人原为一体"。中国传统文化认为，人类和万物一样，是大地自然而然的产物。人既不是大自然的主宰，也不是大自然的奴隶，要与环境友好相处。

我国政府对环境问题的理解和战略部署经历了一个循序渐进的过程。20世纪80年代末至90年代中期，我国政府主要将法律制定和政策实施的重心放在末端治理上。从90年代中期开始，我国政府对环境问题的认识逐渐从末端治理和污染防治上升到可持续发展的战略高度。1994年我国国务院第16次常务会议讨论通过了《中国21世纪议程——中国21世纪人口、环境与发展白皮书》，提出了人口、经济、社会、资源和环境相互协调的总体方案，规划了实现中国可持续发展战略的宏伟蓝图。2004年9月，党的十六届四中全会审议通过的《中共中央关于加强党的执政能力建设的决定》强调经济社会发展和人的全面发展要统一，实现人、社会与自然的和谐发展。

2005年3月在中央人口资源环境工作座谈会上，胡锦涛总书记首次提出建设环境友好型社会的号召，强调要全面落实科学发展观，进一步调整经济结构和转变经济增长方式，缓解人口资源环境压力，实现经济社会全面协调可持续发展。2005年11月中共十六届五中全会通过的《中共中央关于制定国民经济和社会发展第十一个五年规划的建议》明确提出，"建设资源节约、环境友好型社会"。正式将建设资源节约型和环境友好型社会确定为国民经济与社会发展中长期规划的一项战略任务。2006年3月，我国十届全国人大四次会议通过了《中华人民共和国国民经济和社会发展第十一个五年规划纲要》，设立了"建设资源节约型、环境友好型社会"专篇，提出了"十一五"期间资源节约型、环境友好型社会的建设目标和建设要求，首次以国家最高规划的形式，将建设"资源节约型、环境友好型社会"确定为我国国民经济和社会发展规划的重要内容和战略目标。

"资源节约"和"环境友好"是相辅相成的。"资源节约型社会"和"环境友好型社会"之间的联系十分密切。资源节约型、环境友好型社会作为一种关于社会发展形态取向的系统理念，已在国际社会得到了普遍认可，各种相关理论学说及实践也精彩纷呈。尤其是在发达国家,有关保护环境资源的法律频频出台,法律生态化已成为一种发展趋势。在国内,虽然近年来不少学者从法学视角对此进行了研究并取得了一些成果,使得我国在环境立法体系和制度建设方面取得了一些成绩,但就研究的投入和成果的总体情况来看,相对于其他学科视角的研究而言则明显匮乏,并且缺乏基础理论方面的探索和创新。譬如,对新理念本身的解读不够透彻,研究缺乏坚实的认识基础;普遍缺乏合理的明确的理论基点,找寻不到突破理论瓶颈的有效路径;部门法观念根深蒂固,研究往往局限于某单一部门法学科领域,或拘泥于就法律论法律、以法律解释法律的简单思维模式之中;认识论的缺陷导致方法论的偏颇,相关理论的研究难以发挥其对法制建设应有的指导及推动作用,可持续发展理念未能真正融入和体现于相关法律制度中。

有鉴于此,本书拟打破学科的界限,采用多学科的研究方法,以法律的"行为调整说"作为研究的逻辑起点,以不同社会主体行为对环境的不同程度的影响为着眼点,深入剖析资源节约型、环境友好型社会的目标模式和现实的差异及根源,确定不同行为主体在资源节约型、环境友好型社会建设中的地位和责任。通过立法对各类行为主体环境不友好、资源不节约的行为予以规制,结合我国的立法实践,提出科学有效的法律对策,以期对我国资源节约型、环境友好型社会的法制保障体系建设有所裨益。

"两型社会"作为"资源节约型、环境友好型社会"的简称,已经具有固定的含义并获得了普遍的使用。本书在下文中一律采用"两型社会"来指称"资源节约型、环境友好型社会"。在研究过程中,一方面注重对"两型社会"的基础理论的研究,以期在理论上获得突破,为后续研究和实践提供坚实的理论支持和指导;另一方面注重对"两型社会"的具体制度的设计,以期为我国"两型社会"的建设实践提供科学有力的制度保障。

第一章 "两型社会"的一般理论

第一节 "两型社会"的概念及内涵

一、环境友好型社会的概念及内涵

（一）环境友好型社会的概念

"友好"两字，一般是用来形容某种关系的，尤其是人际关系，现在我们把它用在环境上，是采用了拟人化的修辞手法，实际是强调了环境与人的关系。"环境友好"的含义实际上同时包括了环境对人类的友好和人类对环境的友好两个方面，单纯追求和强调某一个方面都是有失偏颇的。"环境友好"的概念是动态的和有条件的。在过去，环境对人类的友好没有得到人类的珍视，环境对人类友好的条件没有得到人类的科学认识。人类的不友好行为导致了环境灾难和环境危机的产生。在现阶段，"环境友好"也不能被认为环境保护是人类的唯一追求，而只能是将环境保护放在优先考虑的战略地位，社会经济活动对环境的负荷和影响要控制在生态系统的资源供给能力和环境自净能力之内，形成社会经济活动与生态系统之间的良性循环，最终实现人与环境的相互友好。

对于环境友好型社会的含义，许多专家、学者从不同的方面进行了总结和概括。比较典型的有："环境友好型社会是一种人与自然和谐共生的社会形态，其核心内涵是人类的生产和消费活动与自然生态环境系统的协调可持续发展。"[1]"环境友好型社会是一种人与自然和谐共处的社会形态，是指人对自然环境友好态度、友好行为的文明社会，其基本要求是：倡导环境文化和生态文明，社会各界奉行对环境友好、人与自然和谐的思想观念，形成热爱自然、尊重生命、关爱环境的道德风尚；奉行对环境友好的生产方式、生活方式和消费方式，社会的生产、消费和生活活动与自然生态系统相协调；以环境承载力为基础，以遵循自然规律为准则，以环境友好科技为动力，节约利用自然资源，保护建设生态环境。"[2]

原国家环保总局局长解振华在接受人民日报记者采访时说，环境友好型社会

---

① 陈吉宁，温宗国：《大力推进环境友好型社会的建设》，《党建》，2006 年第 8 期。
② 蔡守秋：《论环境友好型社会的法制建设》，《甘肃政法学院学报》，2006 年第 9 期。

"这一概念主要有两层相辅相成、互为因果的含义：一是指全社会都采取有利于环境保护的生产方式、生活方式和消费方式，建立人与环境良性互动的关系；二是指良好的环境也会促进生产、改善生活，实现人与自然和谐"。总体上来讲，"就是要以环境承载力为基础，以遵循自然规律为准则，以绿色科技为动力，倡导环境文化和生态文明，构建经济社会环境协调发展的社会体系，实现可持续发展"①。

不管从何种角度来阐释环境友好型社会的概念，都离不开对人与环境之间和谐关系的强调，也就是说环境友好的关键所在就是要实现人与自然的和谐相处和良性互动。这表明环境友好型社会体现的是一种全新的环境伦理观，一种崭新的社会发展模式，是对社会经济系统与生态环境系统之间关系的高度概括。环境友好型社会强调了这样一个事实，即在人类通过劳动活动改造自然界的同时，自然界本身也在改变和重构自己，这是人类的力量和自然界的力量以物质资料的生产和再生产为中介的相互统一的发展过程。②

环境友好型社会是一个动态发展和分层次的概念，其基本目标就是建立一种低消耗的生产体系，适度消费的生活体系，持续循环的资源环境体系，稳定高效的经济体系，不断创新的技术体系，一个更加开放的国际贸易金融体系，注重社会公平的分配体系和开明进步的社会主义民主体系。③

然而，本书认为将环境友好型社会定位于一种社会形态是不够严谨的。马克思主义认为，社会形态是一定生产力基础上的经济基础和上层建筑的统一体，是社会经济结构、政治结构、文化结构的统一体，包括经济形态、政治形态、意识形态。我们所建设的环境友好型社会仍然是社会主义性质的，它不能改变我国社会现存的经济基础和上层建筑。

因此，我们认为环境友好型社会就是一种人与自然和谐共生，经济、社会与环境协调可持续发展的社会发展理念。

（二）环境友好型社会的内涵解读

内涵是指一个概念所反映的事物的本质属性的总和，也就是概念的内容。目前，国际社会对于环境友好型社会尚没有统一的概念，但从传播环境友好型社会的理念和建设环境友好型社会的实践来看，环境友好型社会应该具有以下属性。

第一，发展观念的科学性。建设环境友好型社会要求以科学发展观为指导，

---

① 《解读"环境友好型社会"》，《人民日报》，2005-11-03（5）

② 王新程：《在实践中丰富和发展马克思主义——论环境友好型社会的理论贡献和现实意义》，《环境保护》，2006 年第 2 期。

③ 周雪敏，阳中良：《现代化的新模式：环境友好型社会的构建》，《理论与现代化》，2006 年第 4 期。

社会发展的各个方面都必须符合社会发展规律和自然生态规律，并应用生态学的思想和方法促进经济社会的全面、协调和可持续发展。

第二，发展模式的创新性。环境友好型社会是一种以环境友好为着眼点的新的社会发展模式，是可持续发展观念的具体表现形式，其最显著的特征就是遵从自然法则，实现人与自然的和谐发展。这就根本摒弃了"以人为中心"的社会发展模式。

第三，发展领域的广泛性。建设环境友好型社会虽是因解决环境问题而形成的一种对社会样态的美好追求，但这种理想的实现是不能单独在环境领域范围内来解决环境问题的。它必须将有利于环境的经济发展模式、社会行为模式、社会制度建构、科技文化支撑体系建设等都纳入科学发展观框架下，在广泛的社会发展领域内协同努力，建设环境友好型社会的理想才能实现。

第四，发展目标的动态性。环境友好型社会的发展目标与目标达到的状态不是静止的、绝对的，而是动态的、相对的。在现阶段，"环境友好"首先应该是社会经济活动对环境的负荷和影响要控制在生态系统的资源供给能力和环境自净能力之内，少欠新账，多还旧账，形成社会经济活动与生态系统之间的良性循环。当这一目标实现之后，也需要采取措施维持环境友好的状态，并且，在条件允许的情况下，进一步发展这种友好关系，实现人与自然的和谐共存。

就内容来讲，环境友好型社会是一个内涵极其丰富的理论和实践体系。环境友好型社会的建设是一项系统工程，包括树立科学发展观，进行法规建设、制度建设、政策和机制建设，发展科技和文化，并且制定和实施切实可行的行动计划。魏复盛院士这样诠释环境友好型社会，他认为，环境友好型社会意味着要在社会经济发展的各个环节遵从自然规律，节约自然资源，保护环境，以最小的环境投入达到社会经济的最大化发展，形成人类社会与自然不仅能和谐共处、可持续发展，而且形成经济与自然相互促进，建立人与环境良性互动的关系。①

陈吉宁教授则认为，环境友好型社会是对社会经济系统与生态环境系统之间关系的高度概括性描述。其主要内容包括有利于环境的生产和消费方式；无污染或低污染的技术、工艺和产品；对环境和人体健康无不利影响的各种开发建设活动；符合生态条件的生产力布局；少污染与低损耗的产业结构；持续发展的绿色产业；人人关爱环境的社会风尚和文化氛围。他说，与资源节约型社会相比，环境友好型社会更为关注生产和消费活动对于自然生态环境的影响，强调人类必须将其生产和生活强度规范在生态环境的承载能力范围之内，强调综合运用技术、

---

① 顾瑞珍：《建设环境友好型社会的战略选择》，http：//theory. people. com. cn/GB/49154/49155/4017538. html，2006-01-11

经济、管理等多种措施降低经济社会的环境影响。①

按照国际绿色产业发展促进会（International Greenpeace Industry Development Association，IGI）的理论，环境友好型社会包括环境友好技术、环境友好产品与服务、环境友好企业。环境友好技术主要包括预防污染的少废或无废的工艺技术和产品技术，同时也包含治理污染的末端技术。环境友好产品和服务就是推出与自然生态友好、与人和谐、能够可持续消费的产品和服务，推动环境友好产业的发展。环境友好服务伴随于环境友好产品，承载着人类的环境价值观。与传统产品和服务仅满足消费者物质性需求的特征相比，环境友好产品和服务还考虑了和谐的因素，即人与自然的和谐和人与社会的和谐。环境友好企业是科技含量高、经济效益好、资源消耗低、环境污染少、环境与经济"双赢"的企业典范。环境友好企业是在清洁生产、污染治理、节能降耗、资源综合利用等方面都处于领先水平的企业。如此来诠释环境友好型社会的内涵虽然不是一种完美的理论，但也能够给人一种明晰和具体的印象，同时也让人清楚地看到公众和组织在环境友好型社会里的角色和责任。

总之，环境友好型社会是一种人与自然和谐共生的社会样态，其核心内涵是经济、社会和环境的协调可持续发展。理论上，建设环境友好型社会就是要求我们以全新的环境伦理观去衡量社会、塑造社会，以全面协调和可持续的科学发展观和政绩观来指导我们的经济社会建设。建设环境友好型社会还内在地要求建设超越传统工业文明的生态文明，使人类在经济、科技、法律、伦理以及政治等领域建立起一种追求人与自然以及人与人之间和谐的、环境友好的价值观和道德观。实践上，建设环境友好型社会要着力构建环境保护与经济发展的综合决策机制，形成社会各主体的积极有效参与机制，实现决策的科学化和民主化；大力发展和推广绿色科技，坚持循环经济型的经济发展模式，建立有利于资源节约的国民经济体系。

二、资源节约型社会的概念及内涵

（一）资源节约型社会的概念

"节约"一词本来就具有双重含义，可以理解成"节省"和"集约"两层含义的统一。其一是相对于浪费而言的节约。其二是要求在经济运行中对资源、能源需求实行减量化。在生产和消费过程中，用尽可能少的资源、能源（或用可再生资源），创造相同的财富甚至更多的财富，最大限度地回收并充分利用各种废

---

① 顾瑞珍：《建设环境友好型社会的战略选择》，http：//theory. people. com. cn/GB/49154/49155/4017538. html，2006-01-11

弃物。单纯的节省不能创造更多的财富，必须改粗放经营为集约经营，这也是资源节约的应有含义。"节约"的这两重含义是内在统一的，必须统筹兼顾，不能片面理解。

节约作为个人行为是一个经济利益和生活习惯问题，但当其被上升到社会群体层面之后，就具有明显的社会性。社会性的节约反映了一个群体的世界观和伦理观，涉及这个社会群体的生产、消费等各个方面。既然我们建设的是资源节约型社会，那么对资源节约型社会的定义，就必须涵盖所有社会主体，且该定义也必须涉及人类所接触到的一切领域。

国家发展和改革委员会马凯主任认为："建设节约型社会，从根本上说就是要着力构建节约型的消费模式，在全社会形成崇尚节俭、合理消费、适度消费的理念，用节约资源的消费理念引导消费方式的变革，逐步形成文明、节约的行为模式，形成与国情相适应的节约型消费模式。"[1]

经济学家梁小民认为节约型经济的实质不是消费的节约，而是生产的节约。[2]

全国人口资源环境委员会叶青副主任认为："和过去提出的'勤俭建国'相比，节约型社会内涵更广泛，要求发展的层次更高，它不仅仅强调节约，而且是一个全新的社会发展战略，要求用少量的资源消耗，尽可能地实现循环利用，以保证社会的需要。"[3]

陈德敏教授等认为："节约型社会就是在一定地域范围内，人类在物质生产和生活活动中保护自然资源、合理开发利用资源，循环再生利用废弃物资源，以最少的资源消耗获得最大效益的、可持续发展的社会形态。"[4]

关于资源节约型社会的概念问题，学界确实存在消费型节约和生产型节约两种不甚全面的倾向。亦有学者对此予以分析并且提出，节约型社会是包括生产、交换、分配、消费在内的社会再生产全过程的节约，通过采取市场、行政、思想政治工作等综合性措施，提高包括人、财、物在内的全部要素资源的综合利用效率，以最少的资源消耗获得最大的经济利益，使人民享受到最优的社会福祉，达到人与自然和谐共赢的经济形态。[5]

---

① 曾平，王小章：《大力构建节约型社会——访国家发展和改革委员会主任马凯》，http：//energy. people. com. cn/GB/73491/73492/73502/4992253. html，2006-11-02

② 雷小毓：《节约型社会内涵的再认识》，http：//theory. people. com. cn/GB/49154/49156/4850882. html，2006-09-23

③ 《节约型社会内涵超越勤俭建国》，http：//news. xinhuanet. com/newscenter/2005-03/07/content_2664821. htm，2005-03-07.

④ 陈德敏，董正爱：《资源节约型社会建设的法律功能优势》，《重庆大学学报》，2007 年第 5 期。

⑤ 雷小毓：《节约型社会内涵的再认识》，http：//theory. people. com. cn/GB/49154/49156/4850882. html，2006-09-23

建设资源节约型社会的目的在于追求更少资源消耗、更低环境污染、更大经济和社会效益，实现可持续发展。节约型社会的特征是资源有效配置、高效利用、经济社会快速发展、人与自然和谐相处。建设节约型社会的核心是正确处理人与自然的关系，通过资源的高效利用、合理配置和有效保护，实现经济社会和生态的可持续发展。节约型社会的根本标志是人与自然和谐相处，它体现了人类发展的现代理念。[①]

本书认为，资源节约型社会是涉及社会经济活动的各个方面的，这一点无论从节约的词义还是建设节约型社会的目的都很好理解。同时，将资源节约型社会理解成一种社会形态或是一种经济形态，都是不够准确的。它应该是社会发展过程中产生的某方面价值取向的一种系统理念。因此，建议资源节约型社会是指在生产、流通、消费等领域，通过采取法律、经济和行政等综合性措施，提高资源利用效率，以最少的资源消耗获得最大的经济和社会效益，保障经济社会可持续发展的一种系统理念。

(二) 资源节约型社会的内涵解读

综合各界对资源节约型社会的理解，我们发现大家的落脚点都集中在节约资源的路径和可持续发展的目标两个层面。这表明，我们对资源节约型社会的认识是在反思过去经济增长方式和发展模式的基础上，为缓解日趋紧张的人口、资源和环境问题而作出的选择。要全面理解它的丰富内涵，我们认为，可从以下几方面来认识。

(1) 资源节约型社会在节约的环节上，是全部再生产过程的节约，即生产领域节约、交换领域节约、分配领域节约和消费领域节约，而不是特指某一环节的节约。尤其是消费领域的节约包括生产消费和生活消费两方面。如果只偏重某一领域的节约，而忽略了其他领域的节约，势必会事倍功半，达不到节约型社会的奋斗目标。当然，这里讲到的节约消费也不是不消费，而是提倡一种更符合中国国情的合理健康的消费模式。

(2) 资源节约型社会在节约的内容上，是物质资源的节约。资源是一个涉及经济、社会、政治等多领域的概念，有广义和狭义之分。广义的资源包括自然资源、经济资源、人力资源、社会资源等各种资源；狭义的资源仅仅指自然资源。联合国环境规划署1972年将资源解释为：所谓资源，特别是自然资源，是指在一定时间、地点下能产生经济价值，以提高人类当前和将来福利的自然环境因素和条件。我们认为，在现阶段，资源节约型社会中的资源应该确定为物质资源。

---

① 雷鸣，王小东：《从和谐走向小康——论小康、和谐、环境友好型、节约型社会理论之间的关系》，《未来与发展》，2006年第8期。

从物质资源作为经济社会发展的基础以及资源形成过程中人类劳动的介入这一视角出发，可以把物质资源分为自然资源、人工物质资源和废弃物资源三大类，利用这种分类方式，能够清晰反映资源利用方式和效益的差异性。这种分类方式是资源优化配置和合理利用的理论前提。

（3）资源节约型社会在节约的目标上，是要形成人与自然和谐相处的可持续发展的社会。节约型社会的终极发展目标应是形成人与自然和谐相处的社会，是协调可持续发展的社会。其近期目标与我国"十一五"期间的奋斗目标完全一致。国家已明确提出"十一五"期间落实节约的具体指标，既要实现 2020 年 GDP 翻两番的经济发展目标，又要保持现有的环境质量，资源生产率就必须提高 4～5 倍；如果要进一步明显改善环境质量，资源生产率就必须提高 8～10 倍。可以说，建设资源节约型社会是个过程，同时也是目标，但不是最终的目标，最终的目标是建成人与自然和谐相处的可持续发展社会。

（4）资源节约型社会在节约的途径上，是要实现社会成员的广泛参与和大力发展循环经济。每个社会成员的积极参与是节约型社会建设的重要条件和必经之路。节约型社会的建设是每个社会成员都必须参与的社会性行为，否则节约型社会不可能建成。同时，建设资源节约型社会，在途径选择上必须坚持科学发展观，走新型工业化道路，大力发展循环经济。国家在"十一五"规划中已指明必须转变现行的发展模式，走以有效利用资源和保护环境为基础的循环经济之路。循环经济遵循减量化、资源化、无害化的原则，以生态经济系统的优化运行为目标，强调"资源利用—清洁生产—资源再生"的循环发展，最终实现"最优生产，最适消费，最少废弃"，是一种与环境和谐的经济发展模式。

（5）资源节约型社会在节约的保障机制上，是要培育资源节约理念、完善资源节约体制。资源节约理念就是社会成员都要以资源节约为出发点，统筹各方发展，合理使用资源。我国的现状已经警示我们需要增强资源节约的意识，同时也必须增强资源节约的自觉性。大到政府决策、企业发展，小到公民的生活行为都融入资源节约型社会的范畴之中。资源节约型社会的体制就是资源节约型制度的实现形式和组织方式，包括合理的财税金融体制、投资体制，自律、高效的政府管理体制，规范的企业管理体制等经济体制，政治体制和法律体制。①

三、环境友好型社会与资源节约型社会的关系

社会是一个很大的范畴，生产力、生产关系和上层建筑是社会的三大要素。资源节约型社会和环境友好型社会并不是一种崭新的社会形态，而是一种理念以及在这种理念指导下的经济、社会活动模式，这种社会是可持续发展的社会。明

---

① 李宗植：《建设资源节约型社会》，《经济问题》，2006 年第 1 期。

确建设资源节约型、环境友好型社会的战略目标，既是国际社会发展的趋势，也是我国特殊国情的要求。之所以要将环境友好型社会与资源节约型社会两者相提并论，并同时纳入我国政府发展战略的规划之中，是因为这两者具有紧密的联系。

第一，环境友好型社会与资源节约型社会共同强调了五个方面的内容。一是对中国国情的强调。我国目前的经济增长方式还是粗放型，经济社会的发展与资源环境的矛盾日益突出，我国土地、淡水、能源、矿产资源和环境已经对经济发展构成制约。"两型社会"的提出都是基于当前国情所做出的选择。二是经济发展的方式要由以环境和资源为代价发展转变为人与自然和谐发展，发挥节约资源和保护环境的导向作用。三是不能脱离现阶段的基本国情不切实际地追求高消费，引导建立可持续的生产和消费方式。四是通过多种手段，宣传和营造崇尚环境文化与生态文明的社会氛围，逐步将环境文化与生态文明变成公民自觉遵守的道德行为规范。五是通过各种经济、政治和法律机制的建立来保障和促进社会的和谐发展。[①]

第二，环境友好型社会与资源节约型社会各有侧重。资源节约型社会的核心目标是降低资源消耗强度、提高资源利用效率，减少资源系统进入社会经济系统的物质和能量的流通量强度。其实现资源节约的有效手段就是落实循环经济的"5R"（reduce—减量化，reuse—再利用，recycle—再循环，rethink—再思考，repair—修复）战略。环境友好型社会是一种人与自然和谐共生的社会，其核心内涵是人类的生产和消费活动与自然生态系统协调可持续发展。与资源节约型社会相比，环境友好型社会更为强调生产和消费活动对于自然生态环境的影响，强调人类必须将其生产和生活强度规范在生态环境的承载能力范围之内，强调综合运用技术、经济、管理等多种措施降低经济社会的环境影响。

第三，建设资源节约型社会是当前中国建设环境友好型社会的必由之路。国家环保总局的资料显示，每年由于环境污染和生态破坏造成的经济损失超过1000亿元，约占 GDP 的 10％左右；每年用于改善环境的经费高达 2830 亿元。[②]事实证明，中国目前还没有摆脱西方国家"先污染后治理"的老路，存在着相当严重的环境不友好行为。资源节约包括节省和集约利用资源两个方面。只有少用资源和提高资源利用率，才能减少排放，减轻污染。节约资源是当前中国建设环境友好型社会的必由之路。

第四，资源节约型社会是环境友好型社会的重要组成部分。从外延上看，资源节约型社会理念只关注社会经济活动中关于资源节约和利用方面，不能包括环

① 舒庆：《建立资源节约和环境友好社会》，《人口·资源·环境》，2005 年第 15 期。
② 邹德萍：《世纪重任：建设节约型社会》，《科学大观园》，2005 年第 3 期。

境友好型社会所涉及的经济、社会、文化、政治等多方面的要素，也不能达到环境友好型社会所强调的人与自然和谐的层次。从内涵看，节约了资源并不等于不污染环境，环境友好型社会不但着眼于资源的利用，同时也注重环境的和谐。因此，资源节约型社会是环境友好型社会理念的重要部分。

综合以上的分析，笔者认为，"两型社会"是指在一定的地域范围内，倡导全社会都采取有利于环境保护和资源节约的生产方式、生活方式和消费方式，以求实现经济、社会与环境协调可持续发展的系统理念。

这个概念包含以下几个意思：其一，"两型社会"的实质是关于一种社会样态的系统理念，这种社会样态最终的目的是实现全社会的可持续发展。其二，建设"两型社会"是一个渐进的过程。从"不友好"到"友好"，从资源利用的"不节约"到"节约"是一个渐进的过程，而且，对"友好"和"节约"没有一个可以量化的指标，所以，这个渐进的过程是无限延伸的。其三，"两型社会"的理念要体现在社会的物质生产和生活的整个过程中。其四，区域是实现"两型社会"的结点：首先，区域内各个社会主体的活动遵循环境友好和资源节约的理念，实现环境友好型资源节约型区域。其次，通过环境友好型资源节约型区域的合并与不断扩大，实现更大的环境友好型资源节约型区域。最后，整个社会都体现出环境友好资源节约的样态，这实际上是"两型社会"建设的"渐进式"过程的另一种表现。

第二节　建设"两型社会"与建设小康社会、和谐社会的关系研究

在特殊的历史时刻，面对特殊的国情和国际挑战，我们将建设"两型社会"确定为我国国民经济和社会发展规划的重要内容和战略目标，是对我国经济社会发展所面临的资源环境问题作出正确判断之后而作出的重大抉择。这与我国此前提出的建设小康社会、和谐社会并不矛盾，更不是对小康社会、和谐社会的否定。相反，建设"两型社会"同我们建设小康社会与和谐社会存在必然的联系。

一、建设"两型社会"与建设小康社会的关系

（一）建设"两型社会"是全面实现小康社会目标的必然选择

中共"十六大"报告明确提出全面建设小康社会的宏伟目标。建设小康社会的内容包括增强可持续发展能力，改善生态环境，显著提高资源利用率，促进人与自然和谐发展，推动整个社会走上生产发展、生活富裕、生态良好的文明发展道路。全面小康社会，就是一个经济更加发展、民主更加健全、科教更加进步、

文化更加繁荣、社会更加和谐、人民生活更加殷实的、惠及人民更高水平的、更全面的、发展比较均衡的社会。

建设"两型社会"强调对能源资源的合理使用，强调经济社会发展与环境的友好和谐，而能源资源和自然环境正是人类生存和发展的重要物质基础，同时也是我们全面建设小康社会的重要基础。

人口众多、资源相对不足、环境承载能力较弱，是我国的基本国情。今后一段时期，人口还要增长，人口多与人均资源占有量少的矛盾将更加突出，能源短缺是我国经济社会发展的"软肋"。这种国情决定了我国建设小康社会必须走环境友好和资源节约的发展道路。而且，人与自然和谐相处，生态良好，人民生活质量提高也是小康社会的重要指标。所以说，建设"两型社会"是全面实现小康社会的必然选择。

（二）建设"两型社会"是全面建设小康社会的实现途径

改革开放三十年来，我国逐步由温饱向小康社会迈进，但在经济发展的过程中，长期的粗放型的增长方式使生态环境遭到严重破坏，从而导致经济增长与生态环境矛盾日趋尖锐化，制约了经济和社会又好又快地发展。可见。在经济发展过程中，如果我们只注重经济的发展、消费的增长，而忽视对资源的合理利用，忽视对环境的有效保护，那就等于竭泽而渔；而如果不改变传统的经济增长方式，不把节约资源和保护环境的政策方针放在更重要的位置，就将直接影响全面建设小康社会宏伟目标的顺利实现。

党的"十六大"报告明确指出，"可持续发展能力不断增强，生态环境得到改善，资源利用效率显著提高，促进人与自然的和谐，推动整个社会走上生产发展、生活富裕、生态良好的文明发展道路"是全面建设小康社会的一项重要目标。胡锦涛同志在十六届三中全会又再次重申要坚持以人为本，树立全面、协调、可持续的发展观，促进经济社会和人的全面发展。这就意味着生态建设成为全面建设小康社会的基本内涵和重要目标。

建设"两型社会"正是要通过大力发展循环经济、加大环境保护力度、强化资源管理等措施来切实保护好自然资源和生态环境。只有坚持资源开发与节约并重、节约优先，加快建立资源节约型社会，按照落实科学发展观的要求，建设环境友好型社会，才能实现真正意义上的全面小康。

（三）建设"两型社会"是全面建设小康社会的重要保障

目前，我国仍然处于社会主义的初级阶段，中国政府正带领广大人民群众朝全面建设小康社会迈进。21世纪头20年是我们必须紧紧抓住并且可以大有作为的全面建设小康社会的重要战略机遇期，同时我们面临着严峻的资源环境形势和巨大的国际竞争压力。一方面，环境资源问题日益突出。我国资源禀赋较差，国内资源供给不足，重要资源特别是石油资源对外依存度不断上升。传统的高消耗的增长方式，向自然过度索取，导致生态退化、自然灾害增多、环境污染严重，给人类的健康带来了极大的损害。另一方面，国际竞争更为激烈。特别是我国加入 WTO 后，国内各个领域都面临着挑战。如果我们还保持以往的高能耗、高消费和低利用率的产品生产和服务模式，将在国际竞争中处于非常不利的地位。

我国在全面建设小康社会进程中，经济规模将进一步扩大，工业化不断推进，居民消费结构逐步升级，城市化步伐加快，资源需求持续增加，资源供需矛盾和环境压力将越来越大。解决这些问题的根本出路在于坚持科学发展。因此，建设"两型社会"既是当前保持经济平衡较快发展的迫切需要，也是实现全面建设小康社会宏伟目标的重要保障。

总之，只有建设"两型社会"，才能实现经济增长方式的根本性转变、走新型工业化道路，从根本上缓解资源约束矛盾，减轻环境压力，实现全面建设小康社会的目标。

二、建设"两型社会"与建设和谐社会的关系

（一）建设"两型社会"是建设和谐社会的内在要求

2006 年党的十六届六中全会通过的《中共中央关于构建社会主义和谐社会若干重大问题的决定》指出，我们所要建设的社会主义和谐社会就是民主法治、公平正义、诚信友爱、充满活力、安定有序、人与自然友好相处的社会。

和谐社会的具体含义可以从五个方面理解：个人自身的和谐；人与人之间的和谐；社会各系统、各阶层之间的和谐；个人、社会与自然之间的和谐；整个国家与外部世界的和谐。很显然，和谐社会所强调的内容之一——人与自然，就是我们"两型社会"中环境友好的主旨。要做到人与自然和谐相处，有两个重要的衡量指标，或者说两个重要的承载能力：一个是资源承载能力，另一个就是环境承载能力。只要不超过资源和环境承载能力的限度，中国经济社会发展才不会出现问题。

资源的永续利用和良好的生态环境是可持续发展的重要标志，一个和谐的社会不可能是建立在资源枯竭和环境恶化的基础之上的。资源枯竭、环境恶化的社会，也绝不会是和谐社会的特征和表现。随着经济社会的快速发展，人民生活水平的不断提高，人们对资源的需求和对环境质量的要求也随之增加。我们要构建和谐社会就必须切实加强资源节约和环境保护，妥善化解资源环境问题带来的各方面矛盾，用资源节约和环境友好来促进社会和谐。

（二）建设"两型社会"是建设和谐社会的重要内容

建设资源节约型社会，不仅体现在经济增长方式的转变，更是一种全新的社会发展模式，要求在生产、流通、消费的各个领域，在经济社会发展的各个方面，以节约使用能源资源和提高能源资源利用效率为核心，以节能、节水、节材、节地、资源综合利用为重点，以尽可能小的资源消耗，获得尽可能大的经济和社会效益，从而保障经济社会的可持续发展。

建设环境友好型社会，就是要通过促进人与自然的和谐来促进人与人、人与社会的和谐。具体说，它是一种以人与自然和谐相处为目标，以环境承载力为基础，以遵循自然规律为核心，以绿色科技为动力，坚持保护优先、开发有序，合理进行功能区划分，倡导环境文化和生态文明，追求经济、社会与环境的协调可持续发展。

和谐社会作为一种促进社会健康发展的系统理念，提倡社会系统以及与之相关的一切要素之间的和谐，包括社会系统内部要素的和谐以及人与人、人与社会、人与自然的和谐。建设"两型社会"，实现人与自然的和谐共生，是社会主义和谐社会的内在要求，也是建设社会主义和谐社会的重要内容。

（三）建设"两型社会"为建设和谐社会奠定坚实基础

社会主义和谐社会作为一个建立在公平正义基础上的人与人、人与自然和谐相处、安定有序、充满活力的社会发展形态，应是一个物质文明发达、人民生活幸福的社会，而不是物质匮乏、疾病频发、危机四伏的社会。要做到这一点，不仅要以生产力的发展为前提，而且也要以良好的环境资源条件作保障。只有大力建设"两型社会"，才能实现经济的又好又快发展，才能不断满足人民群众日益增长的物质文化需要。因此，建设"两型社会"为建设和谐社会奠定坚实的基础。

建设"两型社会"，说到底就是协调人与自然、人与地球关系的问题。恩格斯说过，我们不要过分陶醉于对自然界的胜利，对于每一次这样的胜利，自然都会报复我们。目前，我们所面临的人与自然不和谐的问题，比历史上任何时期都要严重。只有解决好这个问题，我们才能实现新形势下资源的可持续利用和生态环境的有效保护，才能实现人与自然的和谐相处，进而实现建设和谐社会的宏伟目标。

建设"两型社会"，既是一种理念的传播，也是经济社会发展和环境保护的实践指南，人们只有在与环境和睦相处中，才能更好利用环境，文明才能不断延续；也只有树立节约的观念，从全局和战略的高度，促我国经济社会全面协调可持续发展，才能在真正意义上构建起和谐社会。

第二章　建设"两型社会"的理论基础

第一节　建设"两型社会"的哲学基础

建设"两型社会"的哲学基础主要体现在环境哲学方面。环境哲学是一门基础哲学，从人与环境的关系出发，探究宇宙中最根本、最普遍的规律；环境哲学也是一门应用哲学，指导人们安身立命，协调人与自然的关系。本书将环境哲学分为西方环境哲学和中国传统环境哲学两个方面。

一、西方环境哲学中的理论依据

（一）西方传统环境哲学中人与自然关系的思考

建设"两型社会"，其哲学意义上的目的是寻求人与人之间、人与自然之间的和谐和正义。西方环境保护的思想和理念可以追溯到古希腊时期。著名生态学家 E. 奥登在《基本生态学》一书中曾明确地指出："古希腊哲学家希波克拉底、亚里士多德以及其他哲学家的著作中，多多少少包含一些生态方面的知识，但是希腊人却没有重视这方面的事。"① 柏拉图在《共和国》一书中对争议展开论述的时候指出，争议存在于社会有机体的各个部分之间的和谐关系中。② 亚里士多德在对正义进行论述的时候，其思想里也包含对环境问题与人类活动之间关系的思考。中世纪的圣·托马斯·阿奎那受到亚里士多德思想的影响，他对正义的思想进行了进一步深化，对"分配正义"进行了深入的展开。关于权利分配正义的思想可以看做是人类在对自然享有权利的问题上的指导原则。古典时代的代表人物雨果·格劳秀斯认为，"凡是扰乱社会和谐而与之对立的，便是错误的、不正义的"。③ 从古希腊柏拉图到中世纪的圣·托马斯·阿奎那再到古典时代的雨果·格劳秀斯的哲学思想，其中或多或少地包含了对人类活动与自然环境之间关系的思考。

---

① 汪劲：《环境法律的理念与价值追求》，法律出版社，2000 年，第 36 页。
② Plato. The Republic. transl. A. D. Lindsay（Everyman's Library ed.）BK. IV, 1950
③ E. 博登海默：《法理学：法律哲学与法律方法》，邓正来译，中国政法大学出版社，2004 年。

(二) 近代西方环境哲学中的"主客二分"思想

18 世纪以后,特别是"文艺复兴"以后,随着改造自然实践的深入和能力的提高,人类凭借对自身力量和工具的信心,提出要驾驭自然,成为自然的主人。这样,人与自然就分别作为主体和客体对立起来。这种思想对传统哲学的思想进行了一定的突破,开始把人类的利益作为思考人类与自然关系的出发点,强调理性的力量,突出经验的作用。笛卡儿提出,"给我物质和运动,我将为你构造出世界来",反映出他认为人类不仅能够认识,还能够改造自然。培根突出经验的作用,主张可以利用先验的经验来改造自然。但是,在对前人的思想进行再思考并取得突破的同时,也暴露出了一些问题。把人与自然完全地割裂甚至对立起来,过分地强调理性的作用,在绝对的理性不可能实现的前提下,以此作为指导的人类改造自然的活动走向了极端,导致在对自然的改造中,人与自然关系呈现紧张的状态。对于建设"两型社会"来讲,务必认真总结并汲取将人与自然对立的教训,摈弃"主客二分"的错误思想,以和谐正义和"主客统一"的思想指导"两型社会"的建设,实现人与自然的和谐可持续发展。

(三) 马克思主义哲学对处理人与自然关系的指导

马克思主义哲学总结了前人的思想,对唯心主义哲学中的一些思想进行了批判,科学地吸收了历史发展的经验,真实地反映了自然和人类社会发展的客观规律,对人类活动与自然的关系这个问题进行了深刻的科学的论述。恩格斯在《自然辩证法》中说到,"……我们不要过分地陶醉于我们对自然的胜利。对于每一次胜利,自然界都报复了我们。每一次胜利,在第一步都确实取得了我们预期的结果,但是在第二步和第三步却有了完全不同、出乎预料的影响,常常把第一个结果又取消了。"[1] 马克思主义哲学认为,意识与物质的关系是思维与存在的关系,是哲学的基本问题。恩格斯指出:"全部哲学,特别是近代哲学的重大基本问题是思维与存在的关系问题。"[2] 在物质与意识的关系中,物质是第一性的,意识是第二性的,物质决定意识,但意识对物质具有能动的反作用。正确反映客观事物及其发展规律的意识,能够指导人们有效地开展实践活动,促进客观事物的发展。"两型社会"是人类在长期的实践中得出的正确反映人与自然关系和社会发展规律的系统理念,是正确反映客观事物及其发展规律的意识。建设"两型社会"也需要认识到自然环境与资源的客观性,掌握其运动变化的规律,并在经济和社会发展中尊重和利用这些规律,促进环境友好,实现资源节约。也就是说,在正确意识的指导下,建设经

---

① 《马克思恩格斯全集》,人民出版社,1971 年,第 519 页。
② 《马克思恩格斯全集》,人民出版社,1974 年,第 219 页。

济、社会与环境协调可持续发展的社会样态。

二、中国传统哲学中的"天人观"

中国传统哲学中，人与自然的关系的内容是非常丰富的，对人与自然的关系的认识也是非常深刻的。在中国传统的哲学思想用语中，"天"有两重含义：一是神学意义上的"天帝"；二是自然意义上的"天"。早期的哲学思想中，"天"的神学意义表现得非常明显，随着时代的发展，古代哲学家们也开始关注人生活的环境，"天"的自然意义逐渐增强。自然意义上的"天"原指苍穹，[1] 后来被用作自然世界和客观规律的代称。[2] 在认识自然和人类生活环境的时候，哲学家们提出要"法天"，向"天"学习，达到"天人合一"，这种理论就是中国传统哲学中的"天人观"。"天人合一"的理论认为，人与自然存在感通性，自然的运动和变化会给人以征兆，而人的活动会对环境产生影响；自然和人都是客观存在的，人是自然的一部分，并与自然中的万物同在；人是自然的产物，人不能违背自然法则。[3]

"两型社会"的基本特征是人类与环境的关系是友好的，人类对资源的利用是节约利用的状态。在传统哲学"天人"观的指导下，发展经济与保护环境并重，遵从自然规律，尊重和保护自然，注重资源的节约和永续利用等思想就有了理论基础。"天人合一"的前提是人要尊重自然，认识到人是自然的组成部分，不能脱离自然而存在，在此基础上，通过"法天"，认识自然规律、掌握自然规律从而遵循自然规律，合理地开发和利用环境和资源，达到人与自然的友好和谐。

第二节 建设"两型社会"的伦理学基础

中国古代哲学始终将自然观、认识论、人生观和伦理观融为一体。[4] 基于此，笔者拟从西方的环境伦理学中寻求建设"两型社会"的伦理学基础。伦理学所要探讨的基本问题是道德与利益的关系问题。现代环境伦理学家那什在《自然的权利》一书中写到："在道德中，应当包括人类与自然之间的关系"。[5] "人类与自然"这对关系中，最活跃的因素是"人"。长期以来，对这个问题的研究是分为两个路径展开的。路径之一是纯粹地以伦理学的视角，通过伦理学的自我发

---

① 也有学者认为，"天"是指人头顶上的一切。

② 吕世伦，文正邦：《法哲学论》，中国人民大学出版社，1999 年，第 741 页。

③ 黄锡生：《水权制度研究》，科学出版社，2005 年，第 44～45 页。

④ 汪劲：《环境法律的理念与价值追求》，法律出版社，2000 年，第 179 页。

⑤ 那什：《自然的权利——环境伦理的文明史》，松野弘译，TBS 布里塔尼卡株式会社，1993 年，第 4 页。

展,把环境问题纳入到伦理学研究的范畴,逐步分离出"环境伦理学"这样一门新兴的学科。"人类与环境的关系"当然地成为环境伦理学的研究内容。路径之二是通过对人类思想发展历史的考察,寻求其中涉及的关于"人类与环境的关系"的思想,概括出几个不同的发展阶段。笔者认为,伦理学和环境伦理学的发展历史是人类思想发展历史的不可分割和脱离的一部分。所以,笔者拟打破惯例,从以下几个方面展开论述。

一、"纯粹和苛刻的人类中心主义"伦理观

"纯粹和苛刻的人类中心主义"伦理观强调在人类开发和利用自然的时候,应该只考虑人这个主体,对自然环境和资源享有绝对的权利,可以以自身的需求决定对自然环境和资源的支配。而且,这种观念认为,应该只考虑资源的直接效用,一切都要服从于经济,尤其是市场经济,市场的自我调节优先于其他任何规则。这种观念受到了广泛的关注,随着环境问题的日趋严重,许多学者对这种观念进行了批判和反思。其中以西方环境伦理学的先驱,美国学者艾庞兹为代表。他在 1894 年发表了题为"人类与兽类的伦理关系"的论文,从心理学和伦理学的角度论述了"人类中心主义的假说"。"纯粹和苛刻的人类中心主义"只能是一种假说。"纯粹和苛刻的人类中心主义"表面上把"环境"与"人类需要的满足"联系在一起,实质上是割裂了两者之间的联系,并把两者置于对立的地位。历史经验证明,人类的发展不能以牺牲环境为代价;对资源的配置和利用,不能纯粹地依靠市场的自我调节,必须要以其他调节方式处理资源配置和利用问题。"建设"两型社会"是对"纯粹和苛刻的人类中心主义"的批判,并在批判的基础上进行反思后提出的新的发展战略,对环境伦理观的新发展起到了积极的推动作用。

二、"人类中心主义的变异——环境权的承认"

法国环境法学者亚历山大·基斯认为:在某种程度上,越来越得到承认的每个人的"环境权"是人类中心主义的一种变异。[①] 按照吕忠梅教授的观点:"环境权是指公民享有的在不被污染和破坏的环境中生存及利用环境资源的权利。"环境权的主体包括当代人和后代人;环境权的对象包括人类环境整体;环境权是权利与义务相对应的,等等。亚历山大·基斯认为,"环境权"理论的提出,将环境与人类的需要联系在一起,在处理人类与环境的关系的时候,不能纯粹地为了满足人类的需要而忽视环境的承受力。而且,"环境权"的含义指出,当代人和后代人对环境的需要是平等的,应该受到平等的对待。建设"两型社会"战略目标的提出,是在充分考虑我国国情的前提下,把环境保护和人类需要结合在一

---

① [法]亚历山大·基斯:《国际环境法》,张若思译,法律出版社,2000 年,第 2 页。

起考虑后提出的。建设"两型社会"既是保障人类需要得到满足的途径和方式；同时，也有利于保护环境，保障当代人和后代人的"环境权"得到实现。

三、"生态中心主义"伦理观

与"人类中心主义"相反，"生态中心主义"伦理观认为，人类是环境的一部分，这个环境应在整体上受到保护，包括一切生命形式。在"生态中心主义"伦理观的背景下，派生出许多不同的新观点：以辛格（P. Singer）为代表的"动物解放论"主张我们应当关注动物的利益；以雷根（T. Regan）为代表的动物权利论主张我们应当尊重和保护动物的权利；以施韦泽（A. Sxhweitzer）为代表的生物平等主义强调所有的生物都是平等的，都应当受到平等的对待；法国学者阿尔贝托·史怀泽提出的"敬畏生命"理论也强调对所有生命给予充分的尊重和保护。[①] 此外，土地伦理思想的倡导者、美国学者 A. 利澳波第在《沙乡年鉴》中推论："伦理若向人类环境中的这种第三因素延伸，就会成为一种进化中的可能性和生态上的必要性。按顺序讲，这是第三步骤，前两步已经被实行了。环境保护运动就是社会确认自己信念的萌芽。"[②] 虽然这些伦理观点在许多地方还值得商榷，但是，其中蕴涵的思想还是给予我们深刻的启发，部分观点甚至成为现代发展观理论和实践的指导思想。

"两型社会"的发展战略就是在吸收这些伦理学思想精华的基础上提出的。"环境友好"强调人类是环境的一部分，人类与环境整体以及与环境中的其他要素，包括动物、植物的关系都是"友好的"，要尊重和保护动植物及其他环境要素的权利以实现人与环境关系的友好状态；"资源节约"强调保护资源，为了使自然环境中一切生命形式的权利得到尊重和保护，需要作为自然环境一部分的人承担起"生态责任"，积极地保护和节约利用资源，以确保自然环境的一切因子都能平等地享受资源和环境，从而实现生态正义和生态安全。"两型社会"发展战略在某种程度上与"生态中心主义"伦理观形成契合，折射出这一战略的科学性和合理性。

四、可持续发展伦理观

1987 年联合国环境与发展委员会发表了《我们共同的未来》的报告，全面系统地提出了可持续发展理论，即可持续发展是"既满足当代人的需要，又不对后代人满足其需要的能力构成威胁的发展。它包括两个重要的概念：'需要'的概念，尤其是世界贫困人民的基本需要，应将此放在特别优先的地位来考虑；

---

① 杨涌进：《环境伦理学的基本理念》，《道德与文明》，2000 年第 1 期。
② ［美］A. 利澳波第：《沙乡的沉思》，侯文蕙译，经济科学出版社，1992 年，第 199～200 页。

'限制'的概念，技术状况和社会组织对满足眼前和将来的需要的能力施加的限制。"① "人类享有以与自然相和谐的方式过健康而富有生产成果的生活的权利，并公平地满足今世及后代在发展与环境方面的需求，求得发展的权利必须实现。"② 这是一种新的伦理观，是在认真分析自然、社会、经济、生态环境等各种关系的基础上提出来的。其内涵主要表现在两个方面：一是发展经济与保护环境并重；二是代内公平与代际公平并重。建设"两型社会"就是在可持续发展理论指导下提出来的，其中既包含"发展经济，不断提高人民的物质文化生活"这一基本"需要"，但同时又注重对环境的保护、自然资源的节约利用，即对满足需要的能力加以"限制"；既强调当代人的发展，又注重对后代人公平地过上幸福生活的能力不构成威胁，从而实现代内公平和代际公平的有机统一。因此，可以说，建设"两型社会"的终极目标就是要实现全社会的可持续发展。可持续发展伦理观是建设"两型社会"最直接、最现实的伦理基础。

第三节 建设"两型社会"的经济学基础

经济关系是人类社会最基本的社会关系，它决定着人类社会关系的主要方面。经济学是研究人类经济关系的学科。建设"两型社会"目的在于，通过调整人与人在开发和利用自然资源的过程中所形成的各种社会经济关系，实现自然资源和环境利益的优化配置，这实际上是对经济关系的调整。探究建设"两型社会"背后的经济学基础对"两型社会"的建设实践具有重大的指导意义。

一、"经济人"理论

"经济人"的思想内涵是由亚当·斯密最先完整地表述出来的。约翰·穆勒根据亚当·斯密的表述提炼出了"经济人"假设。约翰·穆勒认为，"经济人"即是使市场得以运行的人，经济人会计算，有创造性、能够寻求自身利益的最大化，而且所有的人都属于"经济人"的范畴。亚当·斯密和约翰·穆勒的"经济人"理论有一个基本的前提，也就是，每个个体在作出判断或结论进而采取行为的时候，都是处于绝对"理性"的状态中。所以"经济人"理论也叫理性"经济人"理论。

理性"经济人"的内涵包括三层意思：一是每个人天然地是他自己利益的判断者，自我利益的最大化是"经济人"行动的唯一动机；二是每个人在追求自己

---

① 世界环境与发展委员会：《我们共同的未来》，国家环保局外事办公室译，世界知识出版社，1989年，第19页。

② 《里约环境与发展宣言》，见：黄锡生，曾文革：《国际环境法新论》，重庆大学出版社，2005年。

的私利时又不得不考虑他人的私利，否则难以实现自己利益的最大化，这是交易的前提；三是当每个人都能够自由地选择某种方式追求自己私利最大化时，一只"无形的手"会将他们对私利的追求引导到能够为公共利益作出最大贡献的途径上去，这只"无形的手"就是基于社会分工基础上的市场和竞争。①

"经济人"理论是建设"两型社会"的理论基础。这个判断可以通过对"经济人"理论的三层内涵在建设"两型社会"中的作用的分析来证明。

首先，对"经济人"的概念应该做扩大化的理解，即"经济人"不但包括"经济个人"，还包括"经济组织"。建设"两型社会"不但需要以个体形式存在的个人的积极参与，还需要以群体形式存在的组织发挥主导作用。"环境友好"不仅指作为整体的人类与自然的关系是友好的，还包含作为个体的人与人、人与组织、组织与组织之间在处理环境问题，开发和利用资源的活动中都应当呈现一种友好的状态。而根据亚当·斯密"经济人"理论的第一层含义，个体和组织都是理性的，在进行行为选择、价值和方案判断的时候都是以实现自己利益的最大化为唯一的出发点和归属。所以，他们不可能主动地关注其他主体的利益。那么，在涉及环境利益的时候，各个主体之间的关系就会呈现一种紧张的状态，这种紧张的状态会促使各个主体采用一些非理性的手段来处理双方在环境方面的利益冲突。而一旦各个主体广泛地采用非理性的手段处理彼此之间的环境利益冲突，则整个社会就不可避免地陷入"不友好"的境地。建设"两型社会"的本旨之一就是要建立一种机制或者说是一种规范避免这个冲突，从而实现在"两型社会"的状态下促使各个主体不但关注自身的环境利益，还必须关注其他主体的环境利益，以此为基础实现对环境与资源的保护和合理利用。

其次，建设"两型社会"需要各社会主体主动地关注其他主体的环境利益。依据"经济人"理论的第二层内涵，可以得出各社会主体在追求自身利益最大化的同时又不得不考虑其他主体的利益，否则自身的利益也难以实现最大化。其一，单个社会主体必须关注其他主体的利益实现。在开发和利用环境的活动中，如果每个主体都只关注自身的利益而忽视其他主体的利益，甚至为了个体利益的最大化从而做出危害环境的行为，环境必然会被破坏，环境作为一种客体能够提供给主体的利益就会减少，环境对人的价值就会降低。在这种大的背景下，单个主体的利益就不可能实现最大化。其二，单个主体关注其他主体的环境利益在实质上是出于主动的。表面上看来，单个主体在追求自身利益的同时是被动地关注其他主体的利益。但是，如果不关注其他主体的利益，其自身的利益是很难实现最大化的。所以，最根本的原因还是单个主体对自身利益的追求。其三，"经济人"理论提出通过交易可以实现单个主体对自身以及其他主体在环境利益上的满足。虽然环境利益的获

---

① 郑利平：《腐败的经济学分析》，中共中央党校出版社，2000年，第20页。

得，或者说环境利益作为一种资源的配置不能纯粹地依靠交易来解决，但是"经济人"理论提供了一种可以借鉴的方式来解决环境利益的配置问题。

最后，建设"两型社会"需要市场和竞争这只"无形的手"充分发挥作用。市场的作用主要表现为价值规律，竞争也必须遵循市场的一般规律。"经济人"理论第三层内涵指出，基于社会分工基础上的市场和竞争会把各个社会主体对私利的追求引导到能够为公共利益作出最大贡献的途径上去。对市场中的生产者来说，在生产中贯彻环境友好和资源节约的理念，采用更有利于环境保护和资源节约的技术往往会在竞争中能从市场和政府两个方面获得回报。这样，生产者就会积极地、自发地加入到"两型社会"的建设实践中。对市场中的消费者而言，在产品品质、可获得的效用等条件相同的情况下，选择消费产品的主要依据是产品的价格。要建设"两型社会"，就应鼓励消费者选择消费更有利于"两型社会"建设的产品。那么，引入新的力量影响消费者的选择行为就成为必要的手段。这些手段包括：对有利于"两型社会"建设的产品和不利于"两型社会"建设的产品课以不同的税率，对有利于"两型社会"建设的消费行为进行精神上的褒奖，对绿色消费方式进行倡导，形成主流的消费理念等。

当然，建设"两型社会"不能完全只依靠"无形的手"，还必须发挥政府宏观调控这只"有形的手"的作用。在调整环境资源关系的时候，"无形的手"存在着非常大的局限性。保罗·萨缪尔森在他的《微观经济学》一书中说到："看不见的手只有在非常有限的条件下才能成立。所有商品必须是由完全竞争的厂商有效率地生产出来，所有的商品必须是像面包那样的私人商品……因而也没有像空气污染这样的外部性问题。"[①] 环境问题存在很强的外部性问题，在处理外部性比较明显的环境利益的配置这个问题上，"无形的手"的作用往往得不到充分地发挥。建设"两型社会"，需要借助市场调节的辅助作用，同时，发挥政府的财政、金融、税收以及公共服务等宏观政策的主导作用。

二、资源稀缺性理论

资源稀缺性理论主要是指在一定的范围内现有资源总量相对于人们对资源的总需求呈现供不应求的状态。从理论上讲，资源的稀缺性有两种表现形式：一是物质性稀缺，即资源在绝对数量上相对于需求的短缺，这种稀缺是绝对的，所以也叫做绝对稀缺；二是经济性稀缺，是指资源在绝对总量上可以满足人类的需求，但是由于技术性因素导致人类对资源的需求在一定的时间和空间范围内得不到满足，这种稀缺是相对的，是可以通过技术性的调整得到解决的，所以也叫做

---

① ［美］保罗·萨缪尔森，威廉·诺德豪斯：《微观经济学》（第十六版），萧琛译，华夏出版社，1999 年，第 230 页。

相对稀缺。① 建设"两型社会"，特别强调要节约利用资源，这是基于中国的资源现状提出的对策，其本旨之一就是要求对我国资源现状有清晰的认识，并采取措施解决我国资源的两种类型的稀缺性问题。

一般来讲，物质性稀缺的资源属于不可再生的资源，以矿产资源为主；经济性稀缺的资源属于可再生资源，以非矿产资源为主。保罗·萨缪尔森认为，对不可再生的资源，例如石油和天然气来说，有关的经济问题就是如何对有限的资源进行空间和时间上的分配。对可再生的资源，例如木材或鱼群来说，关键的问题就是审慎地管理从而使资源的价值达到最大。所以，在资源节约型社会的理念下探讨资源的节约利用，关键在于对两种不同稀缺类型的资源，采取针对性的对策，而不能笼统地采取无差别的措施。

我们再把目光转到资源的实际消耗和利用来考察：资源依照其是否存在明显的外部效应可以划分为可分拨的资源和不可分拨的资源。不可分拨的资源具有外部性，可分拨的资源不具备外部性。微观经济学认为，外部性是非效率的第二种类型，也可以叫做溢出效应。它所指的是企业或个人向市场之外的其他人所强加的成本或效益。② 当效益大于成本的时候，就表现为外部经济；当效益小于成本的时候就表现为外部不经济性。由于可分拨的资源主要是通过市场交易的方式配置的，那么，消耗可分拨资源的成本就必然要计入产品的成本，由资源的消费者即生产者承担，出于对经济利益的追求，每个生产者都会自觉地节约利用可分拨的资源。对于不可分拨的资源，由于其具备了外部性，它的配置是在市场之外，主要通过非交易的方式进行。所以，不可分拨的资源的价格并不能完全代表其价值，消耗不可分拨资源的成本主要由社会而不是消耗它的生产者承担，所以，生产者很难自觉地节约利用资源。

根据以上的分析，生产者对不可分拨的资源的利用和消耗是很难实现节约的，而对可分拨的资源的利用和消耗却理所应当地表现为节约。但事实上资源的浪费却主要集中在可分拨资源的利用和消耗上。从可分拨资源的配置过程中寻找理论与现实之间存在差异的原因，笔者认为，导致这种差异的根本原因在于资源的价格和价值之间存在很大的差距，资源的价格并不能完全体现其价值。对我国而言，资源，特别是自然资源的价值过低是公认的事实。结合萨缪尔森的观点，笔者认为，建设资源节约型社会最关键的举措在于建立一种既能提高消耗属于不可再生和可分拨资源的生产者的资源成本，又能阻断这个成本进行二次转移，由消费者最终承担的机制。

---

① 黄锡生：《水权制度研究》，科学出版社，2005年，第58页。

② ［美］保罗·萨缪尔森，威廉·诺德豪斯：《微观经济学》（第十六版），萧琛译，华夏出版社，1999年，第28页。

三、污染博弈——"有社会效率的污染"理论

博弈论是经济学中非常重要的理论，它所分析的是两个或者两个以上的比赛者或参与者选择能够共同影响每一个参与者的行动或战略的方式。[①] 吕世伦教授在其主编的《法哲学论》中指出，博弈论的法学方法论把法学问题转化为博弈问题，其合理性基础在于法与利益的密切关系。[②] 马克思曾经深刻地指出：人们奋斗所争取的一切，都同他们的利益有关。[③] 各个参与者行为的出发点都是基于对利益的追求，其战略选择和具体行为不但会影响到其他参与者的战略选择和具体行为，还会影响到社会整体的利益。环境的保护与资源的节约是社会整体的利益。保罗·萨缪尔森认为，在一个没有管制的经济中，会产生太少的控污行为和太多的污染。[④] 在完全竞争的市场，各个生产者都以自己的利益为出发点，必然会通过博弈进行各自的战略选择，各个生产者的行为表现为非协调性。这种社会非协调的行为通过"看不见的手"的调整，虽然可以实现资源的有效配置，但是会导致严重的环境污染。环境保护和资源的配置是通过不完全竞争的市场来实现的。与此相对应，不管所有的生产者的行为是否实现了协调，在市场机制和政府采用设置规章制度或者排污收费等宏观调控措施的双重作用下，同样可以实现资源的有效配置，同时，还可以有效地抑制污染的发生。

不管是完全竞争还是不完全竞争的市场，只要存在生产就必然会存在污染。在污染必然存在的前提下，我们关心的问题就应当转移到怎样污染、或者说怎样有效率地污染上来。微观经济学通过平衡成本和收益的办法来评价污染的水平和衡量污染的效率。建设"两型社会"，应当寻求一种"有社会效率的污染"。所谓有社会效率的污染，是指控污的社会边际收益等于控污的社会边际成本。就单个的生产者而言，完全竞争的市场中产生的污染是有效率的，这种有效率的污染是"非社会效率的污染"。在不完全竞争的市场中，同样会产生污染，但是，由于加入了政府的宏观调控，使得社会的控污边际收益等于社会的边际成本，这种污染是"有社会效率的污染"。所以，建设"两型社会"，政府应当承担重要的主导作用，尽量抑制污染的发生。同时，运用宏观调控的手段弥补完全竞争市场的缺陷，实现"有社会效率的污染"。

---

① 保罗·萨缪尔森，威廉·诺德豪斯：《微观经济学》（第十六版），萧琛译，华夏出版社，1999 年，第 160 页。

② 吕世伦，文正邦：《法哲学论》，中国人民大学出版社，1999 年，第 802 页。

③ 《马克思恩格斯全集》（第一卷），人民出版社，1964 年，第 82 页。

④ 保罗·萨缪尔森，威廉·诺德豪斯：《微观经济学》（第十六版），萧琛译，华夏出版社，1999 年，第 269 页。

第四节　建设"两型社会"的法学基础

依法建设"两型社会"是时代的选择。探求建设"两型社会"背后的法学基础，对于确保建设实践在以法律为代表的规范指导下顺利进行具有重要的意义。

一、法哲学的逻辑起点论

马克思没有明确地提出过关于法哲学逻辑起点的论断。我国学者对马克思法哲学思想进行了深入的分析，在此基础上形成了两种不同的关于法哲学逻辑起点的观点。其一是以张文显教授为代表的"权利和义务论"。这种观点认为，应该以权利和义务作为法哲学的逻辑起点，在其著作《改革和发展呼唤着法学更新》① 和《法学基本范畴研究》② 中，张文显教授对这个观点进行了深入的论证。其二是以吕世伦教授为代表的"行为论"。这种观点承认"权利和义务"作为法学的基石范畴及其在整个法律系统中的核心地位有非常重要的作用和意义，但是，进一步认为："与其把权利义务作为法学及法哲学的逻辑起点，不如把它作为法学及法哲学的逻辑中项或逻辑中心更为适宜。"③ 在文正邦教授的著作《走向 21 世纪的中国法学》一书中，他进一步指出，应该以"行为"作为法哲学的逻辑起点，以"权利"作为其范畴体系的核心，构建法理学逻辑体系。

马克思认为，人是各种社会关系的总和，社会是人们交往活动的产物。文正邦教授指出：社会关系和交往活动都是人的行为的结果，是人与人之间的行为互动或交互行为造成的。而人之为人、社会之为社会，就在于人的行为是有意识、有目的、有价值取向的，必须遵循一定的规范要求，而不同于动物之本能的生存举动，否则人类就会在行为冲突中自相损耗甚至同归于尽，更不可能在战胜自然和社会发展中获得自由。人的行为必须遵循一定的模式，必须符合某种规范化要求，才能对其行为冲突和行为矛盾按照社会所需要的方向予以整合。法就是关于人的行为之规范化的最严密的系统，是对人的行为冲突、行为矛盾最强有力的整合体系。④劳伦斯·弗里德曼进一步指出，我们一直花费很多时间研究法律规则及其结构，以制定和执行规则。但需要强调指出，法律系统并非仅指规则及其结构，在任何法律系统中，决定性的因素是行为，即人们实际上做些什么。如果没有人们的行为，规则不过是一堆词句，结构也不过是被遗忘的缺乏生命的空架

---

① 张文显：《改革和发展呼唤着法学更新》，《现代法学》，1988 年第 5 期。
② 张文显：《法学基本范畴研究》，中国政法大学出版社，1993 年，第 18 页。
③ 吕正伦，文正邦：《法哲学论》，中国人民大学出版社，1999 年，第 109 页。
④ 吕正伦，文正邦：《法哲学论》，中国人民大学出版社，1999 年，第 111～112 页。

子。除非我们将注意力放在被称之为"法律行为"的问题上，否则就无法理解任何法律系统，包括我们自己的法律系统。[①]

　　建设"两型社会"是一项长期的系统工程，需要各个社会主体的积极参与、共同建设。各个社会主体的行为构成社会的整体行为，进行着"两型社会"的建设实践。不论是个体的行为，还是组织的行为或者是整个社会的整体行为，都需要法律来对其进行引导和规范。所以，以"行为"作为法哲学逻辑起点的法哲学逻辑起点论不但能更直接地阐释建设"两型社会"的本质，而且还能更直观地表现出法律对"两型社会"建设实践的重要作用。

二、法价值论

　　关于法价值的概念和本质，存在不同的看法，吕世伦教授在综合分析了西方法学界、前苏联法学界和国内法学界的各种观点的基础上提出："法价值是法律的内在机制在实践中对于人的法律需要的某种适合、接近或一致。"[②] 他从三个方面论述了这个概念，即法律的内在机制是法价值的形成基础；人对法的需求是法价值形成的主体要件；人在法律实践中，使法律与人的需要相一致，是法价值的核心所在。卓泽渊教授认为，法的价值是法律作为客体对于主体——人的意义，是对人的需要的满足，是主体关于客体的超越的绝对指向。[③] 我国法理学界普遍认为，法的价值主要包括秩序、效益、正义等。

　　1. 秩序价值

　　美国学者斯坦认为："与法律永远相伴随的基本价值，便是社会秩序。"[④] 葛洪义教授认为："秩序作为法律的基础价值，是法律的基础追求，其他价值是以秩序价值为基础的法律企望；没有秩序价值的存在，就没有法律的其他价值。"所谓的秩序是指人和事物存在和运转中具有一定一致性、连续性和确定性的结构、过程和模式等。法律所追求的秩序是有利于人类的秩序。[⑤] 依法建设"两型社会"，必须以法律的秩序价值为指导。从法律秩序价值的角度来看，建设"两型社会"就是要发挥法律秩序价值的指导作用，建立一种符合法律的秩序价值要求，在人类保护环境、开发和利用资源的过程中，表现为人与环境相互友好、人类节约利用资源的新的秩序。

---

①　张文显：《法学基本范畴研究》，中国政法大学出版社，1993年，第125页。

②　吕正伦，文正邦：《法哲学论》，中国人民大学出版社，1999年，第363页。

③　卓泽渊：《法律价值》，重庆大学出版社，1994年，第43页。

④　斯坦：《西方社会的法的价值》，中国人民公安大学出版社，1989年，第38页。

⑤　葛洪义：《法理学》，中国政法大学出版社，1999年，第59页。

2. 效益价值

效益本来是经济学的概念，是指有效投入与有效产出之间的差额。对于效益的追求是人类发展和进步的必然需求。法律的效益价值是指法律能够使社会或人们以较少或较小的投入以获得较大的产出，以满足人们对效益的需要的意义。[①] 法律的效益价值包括资源分配、利用上的效益价值，同时还包括社会效益价值和经济效益价值。依法建设"两型社会"，必须以法律的效益价值为指导。建设"两型社会"，改变"环境不友好、资源不节约"的现状，就是要强调在环境利益和资源的配置、利用过程中处处注重效益。在经济效益和社会效益不相冲突的时候，鼓励各个方面的效益增加，在两方面的效益相互冲突的时候，应当以法律的效益价值为指导，以实现社会的可持续发展为目标，在确保社会效益的前提下追求最大的经济效益。

3. 正义价值

要理解法的正义价值，首先应理解什么是"正义"。有关正义的观点有很多：古罗马法学家乌尔比安认为，正义乃是使每个人获得其应得的东西的永恒不变的意志。西塞罗则把正义描述为"使每个人获得其应得的东西的人类精神取向"。亚里士多德认为，正义乃是一种关注人与人之间关系的社会美德，乃是"他者之善"或"他者之利益"，因为它所为的恰是有益于他者的事情。[②] 法的正义价值是指法律作为人们的行为规范，对于实现正义的有用性。

依法建设"两型社会"，必须以法的正义价值为指导。这就要求各类社会主体在利用和享受环境利益的过程中实现正义，在追求自身利益的同时，兼顾"他者之利益"，甚至要考虑作为客体的"环境"的利益。而且，不但要在当代人之间追求正义，在当代人与后代人之间也要实现正义，即在利用和享受自然资源和环境的时候，必须兼顾后代人的利益，不能对其利用和享受自然资源和环境的需要的能力构成威胁，并为其保存相应的自然资源和环境。在资源的配置过程中，对正义的追求体现在各个主体节约地利用资源，注重资源的永续利用，为实现当代人与后代人之间的正义创造条件。

---

① 葛洪义：《法理学》，中国政法大学出版社，1999 年，第 61 页。

② ［美］E. 博登海默：《法理学法律哲学与法律方法》，邓正来译，中国政法大学出版社，2004 年，第 277 页。

第三章 "两型社会"目标模式与实现路径

第一节 "两型社会"目标模式的一般理论探讨

一、目标模式概述

(一) 目标模式的概念界定

所谓"目标",从字面上理解有两种含义:一是指"射击、攻击或寻求的对象";二是指"想要达到的境地或者标准"。在"两型社会"目标模式中,其含义应当取第二种,即指抽象主观的心愿或者结果,也就是在制定环境友好型和资源节约型这一标准时所期望达到的理想效果。此时的目标可以等同于目的。一般意义上的目的,首先是一个哲学或心理学上的范畴。所谓目的并不是指某种客观的趋势、自然的指向,不是那种由自然的原因所引起的自然的结果,而是那种已被自觉地意识到了的活动或行为所指向的对象和结果。所谓"模式",从字面上理解也有两种含义:一是指"处理事务的行为风格";二是指"事先或将要确定的某一事务的样式特征"。据此,"两型社会"目标模式就是指"两型社会"的总体风格特征,具体表现在目标设计、体制安排、行为方式等方面。

目标模式是建立"两型社会"过程中的一个最抽象的,同时又是一个最基本的理论问题。目标是指建设的主要目的,模式是指建设的规则。目标模式除目的、宗旨本身的界定和选择之外,还包括更复杂的冲突协调规则。同时,在界定目标模式时还应当注意与"作用"、"功能"、"指导思想"等术语的区分。所谓作用是指在实施进程中产生的客观实际效果。作用只能是目标是否实现的检验标准,而不是目标本身。与作用相类似的另一个概念是"功能"。所谓功能是指"事物或方法所发挥的有利的作用、效能",其含义与作用相同,都是指事物本身的客观效果,不以人的主观意志为转移,不能预先设计,不能与模式合并使用。所谓指导思想是指制定和实施时的立场、观点、方法,属于哲学和政治学的范畴,指导思想仅仅是设计目标模式的一个主要因素,而不是目标模式本身。

(二) 目标模式的作用

目标模式对"两型社会"建设具有特别重要的意义,它是"两型社会"的"理念"和"精神"的凝结。从渊源上讲,它是对现实社会中人的生活方式的反映和确认；从功能上讲，它是安排社会关系和指导具体操作的基本准则。目标模式对"两型社会"建设的重要作用主要表现在以下几个方面。

1. 目标模式关系到建设"两型社会"基本原则的确立

建设"两型社会"的基本原则贯穿于建设过程始终，为研究者提供理论分析前提并为实践者提供方向指导。基本原则本身虽然一般不具有操作性，但具有操作功能的具体规则是基本原则的体现。原则的确立依据，只能来自于具有更高层次的目标模式，有什么样的目标模式即会有什么样的基本原则。

2. 目标模式关系到建设"两型社会"基本制度的建立

如果说基本原则以抽象的方式存在于规则之中，那么制度则是以具体的、可行的形式表现出来的。制度具有可操作性，但具体制度的建立绝不是立法者的随心所欲。从最间接的关系看，制度内容受制于基本原则，而基本原则取决于目标模式。因此，目标模式决定了基本原则，从而决定了基本制度。

3. 目标模式直接决定了建设"两型社会"基本制度功能的发挥

功能即指制度能够或者可以发挥的作用和影响。基本制度能够发挥什么样的功能，既非制定主体所决定，也非取决于制度执行者的愿望，而是直接受制于目标模式。

二、"两型社会"目标模式的价值取向及选择

（一）"两型社会"目标模式的价值取向

"两型社会"的目标模式是涉及整个进程的一个最为基本的问题。在建设过程中，所制定的规则究竟能否发挥其应有的作用，发挥何种作用，均与其目标模式有关。可以说目标模式是价值取向的具体化，价值取向是目标模式的观念升华。目标模式属于目的论范畴，而价值取向则属于价值论范畴。

"价值"一词，在经济学上指商品中所蕴含的社会必要劳动时间、商品的交换价值或者使用价值；从哲学上说，价值是指一定客体对一定主体的需要的满足，即对主体有益、有积极的作用。引申在伦理学中被理解为"善"，即值得人们向往和追求的美好的东西，"人们通常（将价值）区分为工具价值和固有价值，亦即作为方法的善和作为目的的善"。在法学上，价值有两种含义。一是指某一法律制度的根本，它是程序人性的具体表现，如安全、正义、自由、秩序、效率等；二是指判断某一法律制度或者程序好坏优劣的标准，即程序的"善"。价值观本质上是一种利益观。任何社会都认可两种基本利益，即社会秩序和个人自

由。社会秩序利益的基本内容在于维护整个社会的稳定、安全和秩序。个人自由利益的根本要求则在于保障每个公民的权利和自由。要维护社会的正常运行，既要注重社会安全利益也要考虑个人自由利益。世界各国在立法、行政、司法过程中都力求这两种利益。但两种利益之间不可避免地存在矛盾和冲突：为了维护社会秩序利益，要求对个人自由利益进行一定程度的限制；为了保障个人自由利益，则尽可能减少对个人权利的干预。

在对"两型社会"建设的目标模式进行选择时，应当认识到这一目标模式的价值取向是怎样的。建设"两型社会"的目的是协调人类与环境的关系，解决人与自然的矛盾，而不是直接反映人与人之间的矛盾。可以说，建设"两型社会"这一目标与全社会的利益是一致的，环境污染、自然环境的破坏造成环境质量的恶化，是不分国家、阶层的，是为了保护和改善生活环境和生态环境，防治污染和其他公害，促进社会的健康发展的。因此，建设"两型社会"的目标模式及其价值取向应为社会性的，或者称之为公益性的。从宏观上看，建设"两型社会"这一理念涵盖了法的价值的所有内容；而从微观上看，为了实现这一目标，根据实际情况应当围绕其社会性或公益性价值取向来选择和设计目标模式，制定实施规则。

（二）"两型社会"目标模式的选择

"两型社会"这一概念由"环境友好型社会"和"资源节约型社会"两部分组成，二者是相辅相成的。但是它们有着各自不同的侧重点，所以在选择和设计目标模式时也必须依据其建设的重心，这必然导致它们的目标模式有所区别。

1. 环境友好型社会目标模式的选择

环境友好型社会是人与自然和谐发展的社会，通过人与自然的和谐来促进人与人、人与社会和谐。因此，在环境友好型社会中"环境"是建设的重点。具体可以分为两部分，一部分是作为基础的目标，即协调人与环境的关系，保护和改善环境；另一部分是作为最终目标，即保护人类健康、保障经济和社会的持续发展。大致地说，就是把自然资源的直接利用率提高到最大限度，把"三废"的排放率降低到最低限度。一定时期内自然资源总量是有限的，如果采取掠夺性的利用，任意浪费破坏，就必然导致环境污染、生态破坏、资源枯竭，必然影响经济建设。而实际上，我国自然资源的破坏已经相当严重，合理地利用自然环境，就是要在进行生产建设时，从生态观点出发，按照环境的客观规律办事，发挥自然资源的最大经济效应。否则，社会生产从生态环境中获取资源的速度超过资源的再生能力，就破坏了生态环境的结构机能和生态系统的平衡，使人类赖以生存的环境恶化。所以，建设环境友好型社会的目标模式，就是要以环境承载能力为基础，以遵循自然规律为核心，以绿色科技为动力，倡导环境文化和生态文明，构建经济社会环境协调发展的社会体系，"环境友好型"是这一目标模式的最好概括。

2. 资源节约型社会目标模式的选择

资源节约型社会是指社会生产以物质资源高效率利用的方式进行，社会的消费以节约的方式进行。"节约资源"是建设资源节约型社会的重点。具体是使经济活动按照自然生态规律要求，构成一个"资源—产品—再生资源"的物质循环往复的新的流动系统。在这个新的系统中，物质和能源得到合理持久地利用，资源和环境得到合理配置和永续发展，从而保证经济和社会发展与自然环境改善的协调一致性和可持续性。因此，建设资源节约型社会的目标模式，用经济学的术语来说，就是用最小的资源成本获得最大的效用。在国家和区域层次，资源节约型社会可以用同样多的资源为社会提供更多的物质产品供给；在企业层次，资源节约型社会可以用同样多的资源生产更多的产品，满足社会更大的物质要求；在居民家庭层次上，资源节约型社会可以用同样多的财富满足人们更多的效用。据此，我们将其目标模式概括为"资源节约型"。

第二节　我国资源环境现状与"两型社会"目标模式的差距及原因

一、我国环境资源现状与"两型社会"目标模式之间的差距

"经济增长的资源环境代价过大"，是胡锦涛同志在十七大报告中指出的我国发展中面临的最突出的问题之一。国内经济发展基本上是沿用粗放型的高投入、高排放、高污染的增长方式，不仅迅速地消耗了宝贵的资源，而且造成了严重的生态破坏和环境污染。目前，我国环境资源安全的方方面面均受到不同程度的威胁。我国的环境资源现状与"两型社会"的目标模式之间的差距巨大。

（一）我国环境现状与环境友好型社会目标模式之间的差距

由于历史上长期不当和过度地开发、利用资源，特别是新中国成立后的生产开发政策完全忽视了生态环境问题，我国出现了严重的生态退化和环境破坏，主要表现在水土流失、土地沙漠化、森林减少、草原退化、空气污染、水质污染、生物多样性受到威胁等方面。

1. 水土流失严重

水土流失的直接原因是土地侵蚀，而间接的原因是森林滥伐、草原过牧等。

八十年代我国的水土流失总面积约为 160 万平方公里，已占国土总面积的 1/6。据估计，目前全国每年流失水土约为 50 亿吨，占世界水土流失总量的 17％左右，其中最严重的是黄土高原和长江流域。

2. 沙漠化进程加快

我国是世界上沙漠化严重的国家之一，沙漠化土地面积占国土总面积的 15.5％，多达 150 万平方公里。不仅如此，我国目前每年仍以 1.56 万平方公里的速度在蔓延。新疆的阿拉善沙漠化进程加剧，是近年华北沙尘暴最初来源；内蒙古的锡林郭勒因牲畜过多，辽阔的草原上已经黄沙闪烁；目前世界上最好的天然草原之一呼伦贝尔草原的开荒热潮一时难以遏止；乌兰察布、通辽、赤峰正面临严酷的沙化困扰，数百万人在困扰中挣扎；而河北怀来县的"天漠"游沙距北京城仅有 70 公里，且不断南移。

3. 森林减少、草原退化

森林减少不仅是水土流失、沙漠化的成因之一，而且还导致了各种自然灾害的产生。近年来，由于经济发展需要而过度砍伐的现象严重，我国森林覆盖率已降至 12％甚至更低，且减少势态仍然持续。作为草原资源丰富的国家，我国对草原资源的过度开发利用引起的草原退化十分严重。我国草原约 4 亿亩被开垦成农田，而其中 1/3 已沙漠化。1998 年我国南北特大洪水灾害的主要原因之一就是上游林木的过度破坏，这不能不引人震惊与反省。

4. 空气污染、水污染严重

我国的空气污染主要与工业化相联系，属煤烟型污染物、烟尘、二氧化硫等。空气污染，还引起了酸雨和光化学烟雾两个伴生现象，并且导致城市居民呼吸道疾病的大量发生。与空气污染紧密联系的是水质污染。我国的水污染主要是工业废水，目前年排放废水量约 250 亿吨。大量的废水造成地表水和地下水的污染，江河水质下降、湖泊普遍富营养化等。

5. 生物多样性受到威胁

中国物种虽然十分丰富，但面临着被严重破坏的境况。人为活动使生态系统不断破坏和恶化，已成为中国目前最严重的环境问题之一。这种破坏不仅反映在面积和数量上，更严重的是质量的退化。中国受严重威胁的物种高于世界水平，数以百计的高等动植物被列入中国濒危动植物物种红色名录以及国际濒危野生动植物物种、国际贸易公约和国际濒危物种红色名录。初步统计，列入濒危植物名录中的植物已有 5％左右在近数十年灭绝。生物群落方面的研究表明，一种植物与 10～30 种其他生物共存，其灭绝就会引起 10～30 种其他生物丢失。由此推算，中国 4000～5000 种植物濒危则会引起 4～15 万其他生物的生存威胁。估计近期内已有 200 种植物绝灭，因此很可能已有 2000～6000 种其他生物消失了。

除以上几个方面外，固体废弃物污染、噪声污染、放射性物质污染等环境问题也不容忽视。严重的生态环境问题极大影响了社会经济的发展和人们的日常生活，这些都提醒着我们要加快环境友好型社会的建设进程。

（二）我国资源现状与资源节约型社会目标模式之间的差距

中国资源总量不足，人均占有量低是一个客观存在的基本国情。然而资源利用率低、资源浪费严重的现状与资源保障能力形成巨大反差，与资源节约型社会目标模式之间也存在巨大的差距。资源利用率低，浪费严重主要表现在以下几个方面：[①]

1. 资源利用方面

中国资源利用粗放是一个普遍的问题。以火电为例，火电单位煤耗比国际先进水平高 22.5%；吨钢可比能耗高 21%；水泥综合能耗高 45%；乙烯综合能耗高 31%；机动车百公里油耗比欧洲高 25%，比日本高 20%，比美国高 10%；载重车百吨公里油耗比世界先进水平高一倍；单位建筑面积采暖能耗是同纬度发达国家的 2～3 倍。

2. 单位产值资源消耗方面

中国单位产值资源消耗高是资源能源浪费的具体反映。目前中国单位产值能耗比世界平均水平高 2.4 倍，是德国的 4.97 倍，是日本的 4.43 倍，是美国的 2.1 倍，是印度的 1.65 倍；中国资源消耗大，每万美元产值消耗的铜、铝、铅、锌、锡、镍合计 70.47 公斤，是日本的 7.1 倍，是美国的 5.7 倍，是印度的 2.8 倍。

3. 总产值与总资源消耗方面

中国的经济发展与世界经济发展相比，消耗着与经济发展不成比例的资源。2003 年中国实现 GDP1.4 万亿美元，约占世界 GDP 的 4%。但是原油消费为世界总消费量的 7.4%；原煤为世界的 31%；铁矿石为世界的 30%；钢材为世界的 27%；氧化铝为世界的 25%；水泥为世界的 40%。

---

① 杨朝飞：《解析中国和平发展的环境与资源问题》，《中共中央党校学报》，2005 年第 1 期。

4. 水资源利用方面

中国水资源十分短缺,但水资源浪费严重。我国人均水资源拥有量仅为世界平均水平的 1/4,600 多个城市中有 400 多个缺水,其中 110 个城市严重缺水。农业灌溉系数为 0.4,是国外先进水平的一半;工业万元产值用水量为 100 立方米,是国外先进水平的 10 倍,城市供水管网损失率超过 20%。

5. 污染物的排放强度方面

环境污染就是资源的浪费。污染物的排放强度也是反映环境污染和资源浪费的一项重要指标。中国污染物排放强度大大高于世界平均水平,单位 GDP 氮氧化物的排放强度是日本的 27.7 倍,德国的 16.6 倍,美国的 6.1 倍,加拿大的 5.7 倍,澳大利亚的 3 倍,法国的 12 倍,OECD 的 8.0 倍。中国废弃物排放水平也大大高于发达国家,每增加单位 GDP 的废水排放量比发达国家高 4 倍,废弃物排放量比发达国家高 10 多倍。

二、我国环境资源现状与"两型社会"目标模式之间存在差距的原因

当前所面临的这些资源环境问题,正是人类社会在发展中没有协调好社会、经济和环境三个子系统之间相互支持、相互制约的关系所致。长期以来,生态系统不仅创造与维持了地球生命支持系统,形成了人类生存所必需的环境条件,还为人类提供了生活与生产所必需的食品、医药、木材及工农业生产的原材料等全部物质资料、能量和空间,容纳并消化人类活动产生的废弃物。由于自然环境系统的组成物质在数量上有一定的比例关系,在空间上又有一定的分布规律,因此它对人类活动的支持能力就有一个限度,这一限度就是环境承载力。环境可提供支持的能力也可看做是一种资源,在过去很长时期内,这种特殊的资源相对于人们的活动是可无限量供给的,因而不被看做是资源。长期以来,生态系统对人们生产、生活的服务功能却一直被视为无价值的。这种环境无价值观念的存在,导致人们在追求利润最大化原则的驱动下,对自然资源进行掠夺性开发。随着人类活动范围的扩大,活动能力的增强,环境资源已日渐显得稀缺。当人类活动对环境的作用超出环境承载力时,就产生了环境污染、生态破坏。生态服务功能是人类生存与现代文明的基础,也是可持续发展的基础。因此,人类干预自然的强度和规模空前增长,违背自然生态系统的基本规律必将使自身陷入始料不及的严重困扰。

在环境、资源、经济三者之间有一种互动的因果关系。经济的增长引发环境、资源问题,而环境破坏与资源不足也影响到经济的发展。不难发现,环境、资源与经济问题是在近代以来才逐步显现的,可以说科学技术推动下的经济迅速

发展应该是这些问题产生的驱动因素。从总体上来看，造成我国上述问题的原因是多方面的，可以归结为以下几点。

1. 人口的巨大压力

目前，中国人口已达 13 亿。庞大的人口基数和巨大的人口增长惯性，导致资源需求量与消费量迅速扩大，生态环境随之恶化。人口急剧猛增给环境带来的负效应还表现在人口密度增加，污染物排放量相应增加，改善环境质量的难度更大。

2. 经济的粗放增长

长期以来，我国经济发展走的是一条粗放经营的路子，其典型特征是：高消耗、低效益，高投入、低产出，高速度、低质量。随着时间的推移，能源资源短缺、开发难度加大与资源高耗型经济增长方式之间的矛盾越发尖锐。尽管我国在 20 世纪 80 年代初就初步提出了转变经济增长方式的构想，但由于多方面的原因，我国经济一直没有完全转到以经济效益为中心的集约化发展轨道上来。这种状况给资源和环境带来巨大压力，不仅造成资源的过量开采和耗费，而且也加剧了环境污染。

3. 环保基础设施严重滞后

城市是环境污染的重灾区。之所以如此，除了城市人口密度大、工业集中等原因外，更重要的是因为历史欠账太多，城市环保基础设施非常落后。资料显示，在全国城市中，污水处理能力、排水设施严重不足，污水集中处理率仅达 6.7% 左右。建城区有一半左右没有排水设施，污水只好就地排放。流经城市的河流，基本成为纳污河道。长江、黄河、珠江、辽河几大水系接纳了 70% 的城市污水排放量。城市垃圾无害化处理仅有 6% 左右，不少城市的生活垃圾没有最终容纳场地。全国 2/3 的城市处于垃圾包围之中。

4. 环保资金供需失衡

随着经济高速增长，我国控制环境污染的实际成本逐步上扬，环保资金需求越来越大。与之形成强烈反差的是，环保资金供给不足，供需之间的缺口拉大，客观上制约了我国环境改善的步伐。

5. 环保立法与执法方面的欠缺

（1）部分领域缺乏法律规制，存在立法盲区。我国环境资源立法任务尚十分艰巨，立法步伐有待加快。如在土地监察方面，虽然 2007 年开始设立了土地监察制度，但对土地监察机构的设置、职权及工作程序等没有明确的法律规定；在循环经济、土壤污染、化学物质污染、生态保护、遗传资源、生物安全、臭氧层保护、核安全、环境损害赔偿等方面，还没有制定出法律或行政法规；在环境技术规范、环境基准和标准体系上，也还存在着一定的规范空白。

（2）部分立法与建设"两型社会"的目标不相协调。科学发展观与建设"两型社会"的战略决策为环境资源立法确立了新的指导思想，提出了新的制度需求。法律生态化是建设"两型社会"的客观要求。很显然，由于历史的局限，现行的一些法律法规很难完全适应这个需要。因此，我们应该在新的指导思想下，对现行法律进行评估，发现哪些法律存在不适应的问题，研究如何修改，使其尽快由不适应变为适应，起到保障和促进作用。

（3）现有很多法律缺乏规范力度。我国环境资源立法质量还有待进一步提高。与可持续发展有关的立法中，原则性和倡导性规定多，程序性和强制性规定少。同时，由于部门之间扯皮，立法时对相当一部分条款不得不做了模糊处理，这就导致制定出来的法无大错，亦无大用。

（4）配套法规的制定跟不上需要，法律法规缺乏可操作性。在已经公布的26部环境资源法律中，授权性规范共计140多条，但目前已经制定出来的配套行政法规和规章加起来不足百条。另外一个问题是很多配套规范性文件都是在法律实施很长时间以后才陆续出台，而不是与法律同步实施，这显然也不利于其很好地发挥指导作用。

6. 国际经济贸易的发展对我国环境资源产生影响

经济全球化过程带来的影响不断深化，我国经济与其他国家的经济相互依赖成为必然趋势，这必将促使我国的市场、技术开发、资源开发和利用逐步趋向国际化和全球化。然而，在此过程中，我国所面临的环境问题十分严峻。

（1）贸易一体化的影响。对我国而言，关税壁垒进一步减弱，发达国家的大量制成品流入国内，使得国内某些产业难以得到进一步发展。我国大量产业停留在高消耗的粗放型经营层面，以原材料高度消耗为代价来创造新的增长点，加重了环境资源的负担。我国的商品在国际市场上价格低廉，具有较强的市场竞争力，这在很大程度上是没有计入环境资源成本的结果，是以牺牲生态环境为代价的。

（2）经济全球化的影响。跨国公司凭借雄厚的资本实力，在其母国仅设立一些以高新技术产业为支撑的研究部门，而把大量的高污染、高消耗的生产部门转移到我国，进一步加重了我国环境资源负担。因此，如何协调经济发展与环境资源可持续利用之间的关系问题，已成为我们所面对的重要问题。

第三节 "两型社会"的实现路径

节约资源，提高资源的利用效率，加强生态环境保护，实现经济系统与自然生态系统、环境保护系统的相互和谐，这既是建设"两型社会"的实质所在，也是其宏观上的实现方式。对于不同目标模式下的"两型社会"，它们的实现路径由于总的目标的统一，必然会有一定程度上的重叠。而受各自建设侧重点的影响，它们也选择了适应其目标模式要求的实现路径，以形成环境友好、资源节约的社会体系。

一、环境友好型社会的实现路径

建设环境友好型社会是一项复杂的系统工程。它要求从经济、政治、文化和社会等多层面进行生产方式、消费方式、法律制度、伦理观念和生态意识等诸多方面的变革，不仅强调经济社会领域的各种物化建设，而且要求进行指导人类物化建设的思想观念建设和相关制度建设，从而实现人与自然的关系由传统的对立双方转变到和谐相处的统一体上来，形成经济增长、社会进步、生态环境良好、人类自身全面发展的"多赢"格局。基于此，生态文明建设是建设环境友好型社会实现路径的必然选择。

(一) 生态文明的基本内涵

生态文明是一个动态的历史的概念，是在人类基于对工业时代以来的生态危机和传统发展观念的反思而进行的理性选择。2007 年 10 月，党的十七大报告在"实现全面建设小康社会奋斗目标的新要求"部分明确指出："建设生态文明，基本形成节约能源资源和保护生态环境的产业结构、增长方式、消费模式。循环经济形成较大规模，可再生资源比重显著上升。主要污染物排放得到有效控制，生态环境质量明显改善。生态文明观念在全社会牢固树立。"

生态文明内涵相当广泛。一般而言，它包括以下几个方面：

第一，生态意识文明。这是生态文明在文化层面的具体要求。所谓意识，按照马克思主义的观点，就是物质在人脑中的主观映象，是物质的产物，是特殊的物质——人脑的机能。而生态意识就是生态环境在人们头脑中的主观映象，亦即人们对待生态问题的观念形态。生态意识文明是人们正确对待生态问题的一种进步的观念形态，包括进步的生态意识、进步的生态心理、进步的生态道德以及体现人与自然平等和谐的价值取向。

第二，生态制度文明。这是生态文明在制度层面的客观要求。生态制度是生态文明的实施机制保障，是生态文明的必要延伸。生态制度文明是人们在对待生态问题上的一种进步的制度形态,包括生态制度、法律和规范。要求法制体系与生态文明建设相适应。法律的生态化是其中的主要方面。

第三,生态行为文明。生态行为是生态文明的逻辑起点和最终落脚点。生态文明建设因对生态行为文明的渴求而缘起,又因生态意识文明建设和生态制度文明建设都紧紧围绕并最终指向生态行为而成为生态文明建设的核心环节。生态行为文明是人们在一定的生态文明观念和生态文明意识的指导下,投身于生产生活实践,推动生态文明进步发展的活动。其内容涵盖清洁生产、循环经济、环保产业、绿化建设及一切具有生态文明意义的参与和管理活动。

(二)生态文明建设的着力点

建设生态文明,就是要摒弃传统意义上的污染控制和生态恢复,克服工业文明时代的弊端,探索环境友好型发展道路。具体而言,生态文明建设应当着力于以下几个方面。

1. 培育公民的生态文明观

要通过生态教育引导民众充分认识到:自然环境孕育、哺育了人类,使人类得以产生和发展;人类在发展壮大过程中自我意识空前膨胀,自以为是自然的主宰,毫无限制地向自然索取、排泄和破坏,从而引发生态恶化;人类应该反省、重新审视自己的行为,人类不仅要依赖自然,开发和利用自然,更要尊重和保护自然,要把自身的需要和发展同自然的需要和发展结合起来通盘考虑,在利用自然环境的同时,摆正自己的位置,把自身看做是自然环境的一分子,将自身活动限制在自然生态系统平衡、稳定的限度之内,促使人类社会和生态环境协调发展。因此,各级政府要发挥主导作用,树立正确的发展观和生态观,把生态文明建设作为全面落实科学发展观的重要举措,为生态文明建设提供相应的政治保证。

2. 加强生态法制建设

要建立健全生态法律体系,加快法律的生态化进程,对现行相关法律加以修订,使之在保护个体权益、促进经济发展的同时更注重生态环境的保护;为保护生态环境和自然资源之需而又缺位的法律,应当抓紧调研论证,争取及早出台以适应保护自然资源和生态环境的需要。要强化生态法律制度的执行,对污染和破坏生态环境的行为及时予以查处。要保证人民群众生态文明建设的知情权、参与权和监督权,使其深切体会到其生态利益所在;要调动人民群众的积极性,促使其自觉遵守相关法律法规,积极参与生态环境保护和监督,学会运用生态环境法律法规保护自身环境权益,并对污染和破坏生态环境行为进行检举、控告和揭发。要强化生态环境法律责任,激发环保执法人员、环保企事业单位及从业人员、各级领导干部和广大群众的生态文明建设的责任意识。

3. 生产方式生态化

要大力发展循环经济,在全社会倡导资源节约的观念,努力形成有利于节约资源、减轻污染的生产模式、产业结构和消费方式;要大力开发和推广应用节能减排、节约降耗、低污染、低消耗的先进技术;要积极推进清洁生产,不仅在生产过程节约原材料、能源,并减少排放物,同时要求最大限度地减少整个生产周期对人类的健康和自然生态环境的损害;要引导企业、社会把建设环境友好型社会放在现代化发展战略的高度,把采用清洁能源、预防和减少污染内化成为自觉的行为,从而实现传统的粗放型的"资源-产品-废物-环境"的线性发展模式向"资源-产品-再生资源"的循环发展模式的转变,摒弃原有的"高投入、高消耗、高排放、不协调"的生产方式,向"原料和能源低投入、产品高产出、环境低污染"的生产方式转变,最大限度地减少对资源的消耗和对环境的污染,实现生产方式生态化。

4. 生活方式生态化

生活方式生态化是指用生态化标准指导日常生活方式,使其朝着有利于保护环境、节约资源、建设生态文明的方向发展。尽管生产是生活的上位环节,但是生活方式的生态化对生产方式生态化具有反作用,如生活消费中对环保产品的选择会促使生产者转变生产方式,加速生产方式的生态化进程。

生态化的生活方式的关键环节在于消费方式的生态化。主要包括以下四个方面:一是提倡适度消费,即在满足人的基本生存和发展需要的基础上的必要消费,反对奢侈和浪费;二是提倡绿色消费,即引导人们在消费品的选择上尽可能多地消费环保无污染的绿色产品,给粗放式生产商以强有力的信号,引领生态化的生产方式占据优势地位;三是引导公众养成文明消费的好习惯,如自觉清理消费后产生的垃圾,不进行对环境有害的消费,如不吃野生动物、不穿皮毛衣服;四是实施环境补偿机制,即遵循谁开发谁补偿、谁破坏谁恢复、谁污染谁治理的原则,确保环境日益净化、优化和绿化。

二、资源节约型社会的实现路径

充分发挥先进技术的作用,寻求新型工业化的道路和发展模式,以保证在资源消耗上、维护环境良好的条件下,使经济持续稳定地发展,这是资源节约型社会的关键与核心内容。

(一) 发展循环经济，实现经济增长方式的转变

循环经济是一种以资源的高效、循环利用为核心，以"减量化、再利用、资源化"为原则，以"低消耗、低排放、高效率"为特征的可持续发展的经济增长模式，是对"大量生产、大量消费、大量废弃"的传统增长模式的根本变革。它以统筹人与自然关系为基础，遵循自然生态系统的物质循环和能量活动规律，以达到产品清洁生产、资源循环利用、废物高效回收的目的。发展循环经济，是实现经济增长方式根本性转变、走新型工业化道路，从根本上缓解资源约束矛盾，减轻环境压力，增强国民经济整体素质和竞争力，实现全面建设节约型社会目标的必然选择。循环经济是我国建立新的增长方式的重要途径。推动我国经济增长的高投入、高消耗、低产出的传统发展模式，已经走到尽头。经济增长方式的转变是我国建立新的发展模式的核心内容之一。这就意味着，我国要从过度依赖资金、自然资源和环境投入量的扩张实现增长，转向更多依靠提高劳动者素质和技术进步以提高效率、获取经济增长。发展循环经济，是我国"十一五"发展规划的重要议题，是我国建立新的增长方式的重要途径。

(二) 大力推进资源节约，加强资源综合利用

从经济理论上讲，在市场经济条件下，资源节约应该是企业的微观行为。价格竞争机制能够促使作为理性经济人化身的企业最大限度地节约使用资源，政府没必要去干预，因为资源节约本身就是降低成本和提高利润的基本途径。但是，节约资源或实现资源的再生利用需要大量的资金投入，这往往不是企业心甘情愿去做的；同时企业开展资源节约往往需要政府予以政策引导甚至资金支持。这就不得不由政府使用所谓"看得见的手"，去抑制企业的短期行为，促使其节能降耗，节约减排，实现资源综合利用。

建设资源节约型社会，应当坚持资源开发与节约并重，把节约放在首位的方针，以提高资源利用效率为核心，以节能、节水、节材、节地、资源综合利用为重点，加快结构调整，推进技术进步，促进资源的高效利用和循环利用。具体而言，就是要落实《节能中长期专项规划》，组织实施十大重点节能工程：①节能和替代石油工程；②燃煤工业锅炉（窑炉）改造工程；③区域热电联产工程；④余热余压利用工程；⑤电机系统节能过程；⑥能量系统优化工程（综合性的系统节能工程）；⑦建筑节能工程；⑧绿色照明工程；⑨政府机构节能工程；⑩节能监测和技术服务体系建设工程。

(三) 贯彻落实节约资源的基本国策，加快法制建设，加强法制监督

节约资源的基本国策是国家资源开发和利用的总方针，是一切相关政策所应

遵循的基本政策，应从战略性和全局性的高度充分认识和把握节约资源作为基本国策的重大意义，切实体现在制定和实施发展战略、发展规划、法律法规、产业政策、投资管理以及财政、税收、金融和价格等政策的各个方面。

　　党的十六届五中全会提出，"十一五"期间资源利用效率要显著提高，单位国内生产总值能源消耗比"十五"期末降低 20％左右，耕地减少过快状况得到有效控制。这是针对资源约束日益加重的问题而提出的，突出体现了建设资源节约型社会的要求。要求实现"十一五"资源节约目标，一要强化目标责任制，将"十一五"资源节约目标分解到各地区、各部门和有关行业，明确责任，狠抓落实；二要建立公报制度，定期向社会公布各地区 GDP 能耗、耕地保有量等指标，发挥舆论监督作用，引导各方面把经济社会发展切实转入全面协调可持续发展轨道；三要按照中央要求，建立体现科学发展观和正确政绩观要求的经济社会发展综合评价体系和干部实绩考核评价体系；四要加快循环经济立法进程，健全节水、资源综合利用、建筑节能、节约石油以及包装物回收利用等节约能源方面的法律法规，同时制定和完善标准，依法建立严格的监管制度，加大执法监督检查力度，强化执法责任制，保证法律法规的实施。

第四章　建设"两型社会"法制保障的基本问题

"两型社会"的建设、维持和发展是一项长期的战略任务，也是一场涉及行政管理体制和机制、经济体制和经济增长方式、科技开发与管理、社会主流文化的建设和补充、法制建设与完善等多方面的综合系统工程。怎样建立一种长效的保障机制，促进"两型社会"的建设进程，是一个相当复杂的课题。对此，得到学术界和实践部门公认的是：要依法建设"两型社会"。也就是，把"两型社会"建设纳入法治的轨道，用法制来保障"两型社会"的建设。

第一节　建设"两型社会"法制保障的概念与特征

一、建设"两型社会"法制保障的概念

建设"两型社会"法制保障是指法律法规在建立、维持和发展"两型社会"的过程中的运行机制和所发挥作用的总称。法制保障的主要内容包括与环境友好、资源节约有关的立法、执法、司法、守法、法律监督以及法律宣传和教育等。

用法制来保障"两型社会"的建立、维持和发展，包含两个要求。其一，建立、维持和发展"两型社会"，需要在相关的立法、执法、司法、法律监督和法制宣传教育方面依照"法治"的要求进行，树立法律的权威，体现法律的作用，把建设"两型社会"纳入法治的轨道上来。其二，建设"两型社会"，要制定和实施合乎规律的法律，使法律真正能起到保护环境和节约资源的作用。按照马克思主义经典作家的论述，法对社会经济基础具有强大的反作用，这种反作用"可以朝两个方向起作用，或者按照合乎规律的经济发展的精神和方向起作用，在这种情况下，它和经济发展之间就没有任何冲突，经济发展就加速了。或者违反经济发展而起作用，在这种情况下，除去少数例外，它照例总是在经济的压力下陷于崩溃。"[①]

"两型社会"是一个社会发展的目标形态和理想观念，其内在的运行机制和发展动力必然区别于现有的社会形态。在这种新的社会发展理念下，任何一种政

---

① 《马克思恩格斯全集》，人民出版社，1974年，第199页。

策的实施或者经济活动的开展，在计算成本的时候，都要把环境资源成本作为一种全社会付出的成本计算进去，并且要把这种成本作为最主要的因素考虑。这种成本计算方法将不同于现有的经济成本计算方法。无疑，这在现实运行中将遇到强大的惯性阻力和各种利益之间的冲突激荡。法律就要在推动制度发展和新的社会运行机制形成方面发挥构建作用，通过法律的制定和实施，构建新的制度，构建新的经济关系。比如，我们可以通过法律的作用推动"排污权交易"的形成。没有法律的制定和有效实施，排污就永远是一种外部性行为，污染者可以堂而皇之地把污染环境的成本转嫁给全社会来承担。但是，如果法律能有效实施并充分发挥作用，就可以使生产者不得不把排污量纳入自身经济核算中来，从而促使生产者采用更加环保的技术或者采取有效措施，尽量减少污染物的产生或者对其采取环保处理，使排污这种行为的负外部性内部化。在这个过程中，法律所起的作用就是推动了新的经济关系的形成，从而实现有利于环境保护的目标。

强调法律的保障作用，不仅限于对违法行为的制裁，尤其需要发挥"法"的引导功能。通过法律的制定和实施推动制度创新，推动新的经济关系和社会关系的形成，让"法"成为推动"两型社会"建设进程的强有力的手段，特别是要力争相关"法"的超前发展，使之成为"两型社会"发展的先导。

二、建设"两型社会"法制保障的特征

"有法可依、有法必依、执法必严、违法必究"是社会主义法制建设的基本方针。建设"两型社会"的法制保障不仅需要完善的、有利于"两型社会"建设的法律体系，而且需要有效的、能够得到有力地实施的法律。因此，建设"两型社会"法制保障也必然呈现出法律规范的多部门性，规制对象的广泛性和保障措施的高效性等特征。

（一）法律规范的多部门性

促进和保障"两型社会"建设的法律规范主要属于环境保护法和资源利用法，按照传统的部门法学的思维，它应该属于环境法学的范畴。因为建设"两型社会"的法律规范的目标和内容，主要是防治环境资源的污染、破坏和浪费，合理、节约利用环境资源，维护生态平衡和环境安全，促进经济、社会与环境的可持续发展，这些都属于环境法学的内容，与环境法学的目的相一致。然而，建设"两型社会"的法律规范不是指某项环境保护法律，而是有关"两型社会"建设的各种法律法规的总称。一般而言，保障"两型社会"建设的法律规范应该包括宪法中的有关规定，有关"两型社会"建设的法律、行政法规、地方性法规、部门规章、地方政府规章、各种促进和保障环境友好和资源节约的标准和其他法律规范性文件。判断某项法律规范是否归属于"两型社会"建设的法律规范，不应

该从其术语是否冠以"环境友好"或"资源节约"来判断,而应该考察其内容是否与建设"两型社会"有关。

因此,欲为建设"两型社会"提供有力的法制保障,就必须突破原有的部门法学的思维限制,促进部门法律之间的沟通和协调,共同规制环境不友好、资源不节约的行为。那么,建设"两型社会"法制保障也就具有法律规范的多部门性的特征。

(二)规制对象的广泛性

法律是通过调整和规范社会主体的行为来发挥作用的。立法者需要实现怎样的目标,可以通过制定相应的法律,针对各个社会主体的行为进行规制,确保各个社会主体依照法律的规定进行某方面的行为,从而实现立法者的意图和目标。虽然依照分类标准的不同,对于社会主体的分类会有不同,但是建设"两型社会"法律规范的规制对象应该包括所有社会主体。建设"两型社会"法律法规的规制对象的广泛性不同于宪法、民法、行政法等部门法在规制对象上的有限性。因为建设"两型社会"是全社会各个社会主体都参与其中的工程,其建立、维持和发展也离不开各个社会主体采取积极的行为。

在建设"两型社会"的过程中,政府、企业、个人和家庭以及其他社会组织都发挥着重要的作用,是我们建立、维持和发展"两型社会"最重要的主体,也是法律法规应该重点规制的对象。政府的规划、决策和消费行为;企业的生产和消费行为;个人和家庭的消费行为和态度;其他社会组织的社会参与行为等都在很大程度上影响着"两型社会"的建立、维持和发展。

综上,建设"两型社会"法律法规的规制对象自然地包括广泛的社会主体,而且,法律直接作用于这些社会主体,通过对其行为设置相应的权利和义务,引导其进行有利于"两型社会"建设的行为。

(三)保障措施的高效性

建设"两型社会"是一项长期的、复杂的系统工程,需要从政治、经济、科技、文化教育、法律等多个方面提出保障的措施和手段。相对于其他保障手段,法制保障的高效性是显而易见的。这主要是因为法律这种社会控制手段具有强制性、稳定性、权威性的特点。

建设"两型社会",不是权宜之计,更不是突发奇想,而是一个经过反复考虑的长远的目标和方向。它是我们国家充分借鉴西方国家的经验和教训,并结合我国建设社会主义的成败得失后得出的重要结论。因此,不管外部环境、内部政治经济状况发生什么样的变化,保证中华民族可持续发展的根本方向不能改变,建设"两型社会"的方向也就不能改变。政策可以随着执政党的政治经济的需要和注意力的改变而改变，但法律因其自身的稳定性而不能随意改变。法律的稳定性和建设"两型社会"目标的长远性是契合的，因而法制保障措施也是最能发挥持久效用的。

建设"两型社会"是一次思想解放，也是一场社会改革。改革总是会涉及对既得利益的调整，所以"两型社会"建设过程中不可避免地会遇到诸多阻力。对于这些阻力，除了可以通过利益刺激的方式消除外，主要还应以法治的方式借助法律的强制性力量予以消解。建设"两型社会"是一个充满困难的过程。这些困难根源于发展经济与保护环境资源之间的矛盾关系，这些矛盾关系有时缓和，有时紧张，有时一致，有时冲突。建设"两型社会"的诸多措施就是要协调这些利益冲突。法律以其强制性和权威性来实现对合法利益的保障和对违法主体的制裁，以保证建设"两型社会"的进程不会因少数人或个别利益集团而受到阻碍，它无疑是最有效的保障措施。正如邓小平同志指出的："关键还是要靠制度。还是制度靠得住些。"

第二节　法制保障在建设"两型社会"中的地位和作用

建设"两型社会"是一项长期的、复杂的系统工程，需要多方面的保障措施形成保障合力和长效机制，共同保障"两型社会"的建设。然而，共同保障并不是同等效率的保障，相反，法制保障在建设"两型社会"中具有独特的地位和作用。依法建设"两型社会"是我们的目标，同时也是实现这个目标的途径。

一、法制保障是建设"两型社会"的前提和关键

法制保障是建设"两型社会"的前提，是指必要的法制准备是建设"两型社会"的基础。但并不是说必须在法制保障条件充分具备的情况下才能开展"两型社会"的建设。严峻的环境和资源压力迫使我们必须坚决果断地开展"两型社会"的建设。"两型社会"建设是一个长期的、动态的过程。在这个过程中，面对不断出现的新情况和新问题，当社会建设实践需要法律做出回应的时候，法律能够尽快地做出回应。在法制不健全的情况下，尽可能地缩短法律对社会实践的反应时间，加快立法进程，创新立法技术和手段，及时为"两型社会"建设提供法制保障。这就既要及时地解决实践中的问题，又要保证立法的质量。

法制保障是建设"两型社会"的关键，法制是否健全、法制保障是否有力、法制保障作用是否得到充分的发挥直接关系到"两型社会"建设的成败。环境与资源行政管理体制和机制、科技创新能力、资源教育与文化传播等都影响着"两型社会"的建设。但是，其他各方面的保障都离不开完善法制的支持，把其他方

面的保障力量形成保障机制的主要手段是法制化。所以，法制保障是建设"两型社会"的关键。

二、法制保障是建设"两型社会"的必然选择

要建设"两型社会"，需要对一些污染和破坏环境、浪费资源的行为予以有效地制止、乃至制裁，而法律是通过调整和规范社会主体的行为来发挥作用的，是由国家强制力保证其实施的最有效的强制、制裁手段和措施。立法者需要实现怎样的目标，可以通过制定相应的法律，针对各个社会主体的行为进行规制，确保各个社会主体依照法律的规定进行某方面的行为，从而实现立法者的意图和目标。因而通过制定和实施建设"两型社会"的法律，可以有效地制止在"两型社会"建设方面的违法、越权和失职行为，追究违法行为人的法律责任，从而有力地保障"两型社会"建设的顺利进行。

按照 E. 博登海默的观点，在有组织的社会中除了法律之外，还存在其他指导或引导人们行为的工具，譬如权力、行政、道德和习惯。法律与这些手段一起调整社会生活。但是，理性的、有组织的法治社会，在面对牵涉社会共同利益和个体利益、长远利益和短期利益、整体利益和局部利益发生冲突的时候，只有运用法律才能以最小的社会成本解决冲突，实现最大的效益。

法制保障是建设"两型社会"的基础性的、无可替代的保障方式，是建设"两型社会"的必然选择。虽然我们可以从经济、技术、文化教育等多方面为建设"两型社会"建言献策，提出经济保障、技术保障、文化保障等多种多样的保障方式，毫无疑问这些保障方式都是建设"两型社会"的必要条件，但如果没有明确的立法、有效的执法、公正的司法和法律的普遍遵守，那么，先进的技术、丰裕的资金却可能因被滥用而走向背离环境资源保护的另一面。关于法律的权威与其他调整手段之间的区别，匈牙利法学家朱利叶斯·穆尔有精彩的论述。他认为，"法律要求人们绝对服从它的规则与命令，而不论特定的个人是否赞成这些规则和命令；法律的特征乃是这样一个事实，即它总是威胁适用物理性的强制手段。"

三、法制保障是建设"两型社会"的终极保障方式

建立"两型社会"可以有多种保障方式，包括法律、经济、技术、文化教育等多个方面。然而，在现实中，许多保障方式并不能得到有效的实施，却往往因为缺乏强制力被束之高阁。如今，我国经济上有了一定的积累，技术上也取得了很大的进步，具备了建设"两型社会"的经济和技术基础。但是，我们现在缺乏制度的保障，不能使经济或技术上的实力转变为保护环境和节约资源的强大力量。比如，明知是危害环境资源的项目却偏要上马，有资金但不用于环保投入，

有环保技术而不采用，有环保标准但不能得到执行，这些行为的普遍存在已经是一个长期的问题。

对于建设"两型社会"来说，必须采用综合的经济、技术、文化等保障方式，经济、技术保障为其提供物质基础，文化保障为其提供精神支持，而保证这些保障方式在现实社会中有效运行就是我们需要解决的突出问题。经济、技术、文化等保障方式发挥作用的主要障碍就是动力问题。也就是说，关键在于要找到是什么样一种力量使得社会主体愿意把精力投入到环境保护和资源节约上来，研发或者引进先进的环保技术，提高自身的环保意识和资源节约意识。各社会主体对自身利益的追求，使其不可能具备保护环境和节约资源的高度自觉性。因此，只有通过法律的强制力这种外在的力量，通过正向激励和反面制裁促使经济、技术、文化等保障方式在"两型社会"建设中能够得到运用。法制保障通过其独特的作用为建设"两型社会"构建制度保障，有效整合经济、技术、文化等保障方式，使它们在社会运行中能突破经济利益的束缚。因此，可以说，法制保障为建设"两型社会"提供了终极保障。

第三节　建设"两型社会"法制保障的基本原则

一、政府主导原则

建立、维持和发展"两型社会"，政府应该承担主导责任。首先，建设"两型社会"是党和政府提出的战略决策，政府理所当然地应该承担主导责任。其次，政府掌握公共权力，能调动和运用社会资源，所以发挥政府的主导作用是决定"两型社会"建立、维持和发展的关键因素。再次，政府的地位和极大的影响力决定了政府行为对环境和资源的影响要远远大于其他社会主体行为对环境和资源的影响。再次，广义的政府还掌握一定的立法权力，可以通过制定行政法规和部门规章，直接作用于"两型社会"的建设。所以，政府在推进"两型社会"建设的进程中应该起主导作用。

我国环境违法现象十分突出。大量的污水、废气未经处理就直接排放到江河和大气中；固体废物随意堆置；矿产资源未经许可就偷偷开采；毁林事件层出不穷……种种现象极大地污染了我们生产生活的环境、破坏了宝贵的资源，其危害之深、影响之大远远超出我们能直观感受的范围。究其原因，这里有立法、执法、司法和守法中的诸多原因，其中违法者的违法成本过低是造成这种状况的根本原因，而政府管理的缺位给违法行为的大量出现开了绿灯。因此，对违法行为的制止，需要充分发挥政府的主导作用，依靠完善的立法、严格的执法和公正的司法，对违法者进行管理和监督。同时，政府的政策和政府的行为是影响我国建设"两型社会"进程的重要因素。政府制定政策要考虑到对环境保护和资源节约的影响,政府在从事基础设施、重大项目建设和其他可能对环境资源带来重大影响的行为的时候,除了要考虑到这些项目的经济效益、社会效益以外,更要对其环境影响和资源消耗进行专门评估。

因此,政府既是"两型社会"建设的主导性力量,同时也是"两型社会"法制保障应该规制的重点,强化政府责任势在必行。

二、企业中心原则

"环境友好"和"资源节约"的实质表述的都是人类活动与环境、资源的关系。人类活动主要是以经济活动的形式与环境和资源联系在一起的,企业是人类经济活动中最主要的主体。企业行为直接决定了环境资源利用状况,如果企业都能本着环境保护和资源节约的原则开展经济活动,那么在我国实现建设"两型社会"的目标就指日可待。

企业是以营利为目的的,追逐个体利益的最大化是其首要目标。在现实中,追逐经济利益最大化和保护环境之间存在着矛盾,仅仅期望通过企业自觉的行为来抑制追逐利润的冲动,从而达到保护环境、合理地利用资源的目的是不现实的。在相当长一段时间内,我国过多地关注发展经济,在经济发展和环境保护两者之间,许多地方政府站在了发展经济这一边,忽视了环境的保护和资源的节约,这种畸形的发展观直接导致了对企业环境资源违法行为的纵容,从而使我国面临着空前巨大的环境和资源压力。虽然我国已经制定了一些保护环境资源的法律法规,建立了一个环境资源法律体系。但是,政府管理不到位,企业的违法成本过低,导致企业危害环境和资源的行为不能得到及时有效地制止,这成为我国建设"两型社会"的最根本阻碍。

"两型社会"建设需要加强对企业的监管,加大企业的违法成本,对企业的违法行为采取强制性的制裁措施。另外,企业提高技术水平、采用环保工艺,对于环境保护和资源节约都具有重要的意义。所以,要在法律中规定激励性的措施,鼓励企业发展更加有利于环境资源保护的生产技术。对企业行为约束和激励的根本目的在于促使和诱导企业采用符合"两型社会"建设的生产方式。因此,"两型社会"的建设必须注重对企业行为的法律规制。企业中心原则也应该成为建设"两型社会"法制保障的一项基本原则。

三、公众参与原则

建设"两型社会"的目的是实现全体人民的福利,实现我国的可持续发展。这不仅需要国家的大力推动,更需要全社会的共同努力。建设"两型社会"关系到社会各行业、各部门和每一位居民,只有使建设"两型社会"成为全社会的自觉行为,才能实现预定的目标。法律保障是我国建设"两型社会"的重要保障手段。为了确保法律保障措施能够顺利实施，不仅需要公民被动地不违反法律的规定，还需要公民积极主动地行使宪法和法律赋予的权利。一方面，公众的活动可以直接地影响环境与资源，公众对待环境与资源的态度也直接地影响着"两型社会"的建设进程。另一方面，公众可以通过参与权、监督权的行使间接地影响立法和政策的制定、实施，从而对"两型社会"的建设进程产生重要影响。

我国宪法明确规定："人民依照法律规定，通过各种途径和形式，管理国家事务，管理经济和文化事务，管理社会事务。"这是我国实行公众参与原则的宪法体现。1989 年颁布的《环境保护法》第 6 条规定："一切单位和个人都有保护环境的义务，并有权对污染和破坏环境的单位和个人进行检举和控告。"这为实行环境民主和公众参与"两型社会"的建设提供了原则性的法律依据。《水污染防治法》、《中国 21 世纪议程》、《国务院关于环境保护若干问题的决定》（1996年 8 月）、《环境影响评价公众参与暂行办法》等法律法规和规范性文件都明确规定了公众参与的范围、程序、组织形式等内容。

在依法保障"两型社会"建设的过程中贯彻公众参与原则，就是要在立法、执法、司法、守法、法律监督和普法教育等方面都充分发挥公众的力量和作用，只有这样，才能为法律的运行提供良好的社会基础，用法制保障实现预定的目标。因此，建设"两型社会"的法制保障，还必须遵循公众参与原则。

四、共同但有区别的责任原则

共同但有区别的责任原则本来是国际环境法为调整国家之间的环境法律关系而设立的原则。但是，适当赋予它新的含义，并将它作为建设"两型社会"法制保障的一项基本原则，是极其必要的。

"共同的责任"，指各个社会主体都应当承担建设"两型社会"的责任。因为，"两型社会"的建设是符合各社会主体共同利益的。建设"两型社会"，是一项庞大的工程，涉及许多复杂的问题，牵涉社会主体利益的再调整，需要政府、企业、个人以及其他社会组织共同努力。没有全社会的共同参与和共同努力，建设"两型社会"的宏伟目标是不可能实现的。

"有区别的责任"指各个社会主体由于在社会上的不同角色和地位，在建设"两型社会"中的能力各异，分工不同，承担的责任也就应该有所区别。建设"两型社会"，需要各个主体共同努力，但并不是说各个主体负有同等责任。基于职责的不同，政府应当承担起主导者的职责，推动建设"两型社会"发展进程；企业作为经济活动的主体，应当遵守法律的规定，履行自身保护环境和节约资源的义务；其他社会组织和个人应当积极参与环境资源保护的事务中，遵守法律的规定，充分发挥监督作用。

认识不到各个主体在承担责任上的区别，立法上就难以体现公平合理，一套并不公平合理的法律规范在实施过程中就难以获得普遍的认同和严格的遵守，法制保障的目标就难免要落空。建设"两型社会"的法制保障，必须同时明确"共同的责任"和"有区别的责任"，针对不同的行为主体制定有区别的权利义务规则。也就是说，建设"两型社会"的法制保障需要遵循"共同但有区别的责任原则"。

第五章 政府与建设"两型社会"

第一节 政府在建设"两型社会"中的地位和作用

政府作为统治阶级行使国家权力、实施阶级统治的工具，是随着阶级和国家的产生而出现的；随着国家的发展和社会政治、经济生活的日益复杂，政府的职能将不断扩大。在社会主义市场经济条件下，单靠市场机制实现对资源的优化配置容易放纵市场主体为了实现利润的最大化而牺牲社会的环境资源利益，对此，必须借助政府的力量对市场主体的行为加以规制，运用"看得见的手"实现对经济的调节和对资源的配置。这就决定了政府在建设"两型社会"中的重要地位和作用。充分认识政府在建设"两型社会"中的地位和作用，对"两型社会"建设的顺利进行具有重要意义。

一、政府在建设"两型社会"中的主导地位

（一）政府在建设"两型社会"中的角色分析

政府在建设"两型社会"中的实际地位不是写在文件里，而是通过政府的行为表现出来。我们把政府在一定社会关系位置上的行为模式称为政府的角色，它规定政府活动的特定范围和与政府的地位相适应的权利义务与行为规范。政府地位决定政府角色，但政府角色并不总是符合社会对政府行为的期待。这就需要公民社会的力量来影响政府对角色的选择，以促使政府行为与其所处地位相符合。

1. 政府在建设"两型社会"中的角色类型

"两型社会"的建设，按照其实现方式可分为自上而下和自下而上两种模式。在不同的模式中，政府扮演的角色有很大的不同，下面予以分述之。

（1）主角型政府角色。主角型政府角色，指政府在建设"两型社会"中起主角的作用，居主角的地位。扮演主角角色的政府，主要存在于自上而下的建设模式中。在这种角色里，政府不但要为建设"两型社会"提供足够的公共物品，还要作为一个成员积极参与到建设行为中。政府以强制力为后盾，强行推行建设"两型社会"，对违反强行性规定的行为，科以严格的责任。政府行为渗透到建设"两型社会"中的主要方面，政府是促成建设"两型社会"中的主要力量。强制

性、全面性和责任性，是这种政府角色的主要特点。美国政府曾是这种角色政府的典型代表。美国自 1969 年制定《国家环境政策法》后，通过环境诉讼等方式确立了许多环境责任制度，通过许多强行性标准的实施，严格限制环境污染和资源浪费的行为。美国 7 个以上的州规定新闻纸的 40％～50％ 必须使用由废纸制成的再生材料；威斯康星州规定塑料容器必须使用 10％～25％ 的再生原料；加利福尼亚州规定玻璃容器必须使用 15％～65％ 的再生材料，塑料垃圾袋必须使用 30％ 的再生材料；1965 年颁布的《固体废物处理法》确定了再生物质的目录，规定了加强联邦财政资助、贷款，支持资源再生利用的研究等内容。①

（2）配角型政府角色。配角型的政府角色，指政府在建设"两型社会"中起配角的作用，居次要的地位。扮演配角角色的政府，主要存在于自下而上的建设模式中。在这种角色里，政府必要时提供建设"两型社会"所需的公共物品，但并不直接参与到建设行为的各个方面，政府参与只是必要的某些领域。政府行为并不总是具有强制力，政府行为的强制力仅作用于特定的领域。鼓励性和倡导性是政府行为的主要特征，较少拥有责任承担的制度。德国和日本曾是这种模式的典型。德国和日本在建设"两型社会"的立法上采取的是由散而聚、由点及面到统一的做法。通过完善的公共物品供给制度，保证了社会各方拥有参与建设的机会，通过示范建设，引导社会普及环境友好与资源节约的生产、生活和消费模式，并积极培养环境友好和资源节约的社会意识和文化。

（3）主导型政府角色。主导型政府角色，指政府在建设"两型社会"中既不起主角作用，也不起配角作用，而是起协调性的主导作用，居第三方调控的导演地位。扮演主导角色的政府，主要存在于采取自上而下和自下而上相结合的中立型的建设模式中。作为主导型的政府，为建设提供公共物品，主导建设的方向和进程，直接推广环境友好和资源节约的文化意识。与其他模式不同的是政府并不直接参与到各项建设行为中，政府负责提供完好的建设行为的范本并把这个范本推广和应用于社会，计划、安排、指导和推广是这种模式的典型特点。其他社会主体，在建设"两型社会"中有遵循和执行政府意志的义务。主导型的政府角色，兼具主角型政府角色和配角型政府角色的特点，兼容了自上而下和自下而上两种模式的优点。由于主角型政府角色和配角型政府角色都过于单一，许多国家都逐渐把自己的模式改为综合性和混合性的模式。当今世界，已经很难找到单纯采取主角型政府角色或配角型政府角色的国家，绝大多数国家都是采取这种主导型政府角色来建设"两型社会"。

漫长的封建社会使我国具有自上而下推行制度的传统，而中国人民的勤俭节

① 中国科学院可持续发展战略研究组：《2006 中国可持续发展战略报告——建设资源节约型和环境友好型社会》，科学出版社，2006 年，第 66 页。

约的美德，使许多民众具有节约的观念。我国当前的环境与资源状况，是综合性的社会问题，不是单纯依靠政府或单纯依靠民众就能彻底改变的。因此，综合以上分析，在政府角色类型上，我国只能选择主导型的政府角色。这是我国建设"两型社会"、构建和谐社会和实现可持续发展的必然要求。

2. 政府角色定位的价值理念

选择了某一种政府角色的类型，并不说明就完全确定了政府角色，也并不说明政府对建设"两型社会"就能起作用。不同理念指引下的政府角色，对社会起不同的甚至相反的作用。为保证建设"两型社会"的顺利进行，必须确定我国建设"两型社会"所必须遵循的基本价值理念。

（1）政府的公共权力理念。恩格斯在《家庭、私有制和国家的起源》中指出，公共权力是国家的本质特征。政府掌握着公共权力，代表着整个社会的公共利益，"凌驾于社会之上"以维护社会的公平和正义，公共性决定了其角色定位。政府的公共性角色要求政府放弃其自身的利益诉求，以全社会和全体人民利益的视角来制定公共政策，实施其公共管理。建设"两型社会"是要建立全体社会成员共享优良的自然环境、公平合理可持续消费自然资源的理想社会，代表了全体社会成员的共同利益，而政府在这个建设过程中起着主导作用。这就要求政府作为社会公共利益代表者的角色，秉持政府的公共权力理念，真正代表全体社会成员的共同理想来主导"两型社会"的建设，正确、及时、高效地行使公共权力，而不是滥用公共权力。

（2）政府角色正义理念。"正义"一词在不同的语境中有不同的含义，但"给予每个人以其应得的东西的意愿乃是正义概念的一个重要的和普遍有效的组成部分"①。近代民主政治思想家卢梭认为，人民与政府之间是委托与被委托的关系；政府的公共权力来源于人民，是基于人民的授权而取得的。这就要求政府站在人民一边，充分维护占据社会主流的人民的共同利益，才足以实现正义理念。在建设"两型社会"中，有利于整个社会和人类可持续发展、保证社会成员公平享有环境与资源权利是社会成员应得的意愿。政府对建设"两型社会"的干预和主导，必须出于环境与资源正义之目的，必须保证基于正义而再分配环境与资源利益，从而实现"两型社会"的建设目标。不正义之政府角色，必定使社会形成利益的集中、垄断和两极分化，不但不能实现建设"两型社会"的目标，而且还可能会加剧环境与资源问题。

（3）可持续发展理念。人类发展理念经历了自然发展、高污染高消耗发展和可持续发展三个阶段。在自然发展阶段，人类发展对环境和资源基本没有什么影

---

① ［美］E. 博登海默：《法理学：法律哲学与法律方法》，邓正来译，中国政法大学出版社，1999年。

响，因而不需要政府或公共权力组织进行干预。在高污染高消耗发展阶段，由于人类对自然资源和生态环境的破坏日益严重，以至于影响整个人类的生存和发展，政府不得不采取措施保护生态环境，治理环境污染和资源浪费，走的是先污染后治理的发展之路。在现代社会，人们对经济发展、社会进步和环境保护的关系逐步明确，提出了可持续发展理念，要求"既满足当代人的需要，又不对后代人满足其需要的能力构成威胁"，实现代际公平和代内公平。可持续发展要求政府充分发挥职能，对经济、社会和环境有效干预，寻求经济效益、社会效益和环境效益的最佳结合点，促使经济、社会和环境持续协调发展。建设"两型社会"是基于目前我国现有的环境资源状况和经济社会发展态势，在可持续发展理念指导下提出的新时期社会发展战略，它要求政府担当主导者角色，发挥国家干预职能，确保社会朝环境友好型资源节约化方向发展。因此，政府在担当这一角色时，必须首先牢固树立可持续发展的理念，运用科学的发展观指导其相应职能的发挥，在制定产业发展策略、产业布局规划、区域发展、资源开发和环境保护政策等方面作出适当调整，确保经济、社会和环境沿着可持续发展方向推进。

（二）政府在建设"两型社会"中的主导地位

建设"两型社会"，是我国政府提出的战略选择。在这个过程中，企业作为理性的"经济人"，不可能自觉对环境资源加以维护，相反因其始终把利润最大化作为其发展的首要目标，只要有利润存在，就会不惜一切代价去追求，环境资源自然成为其追逐高额利润的牺牲品。政府作为社会公共利益的代表者，为了维护公共环境资源，必然始终居于主导地位，指导和促进"两型社会"的建设。我国政府在建设"两型社会"中的主导地位主要体现在以下几个方面。

（1）政府主动提出建设"两型社会"的目标。我国建设"两型社会"的目标，是政府正式提出并确定下来的，是以公权力为保障而提出来的。

（2）政府是建设"两型社会"的领导者。在建设"两型社会"中，政府是主要的建设者之一，政府的环境友好资源节约行为，是其他社会主体的示范，政府是带头者、倡导人和主要建设者的混合体。政府实现环境友好资源节约，无疑会对整个社会实现环境友好资源节约起着带动作用。

（3）政府是建设"两型社会"的法律制度等公共物品的提供者。建设"两型社会"，需要一系列公共物品的支持，如政策和法律法规支持、基础设施保障、科技推动等。居于主导地位的政府，在建设"两型社会"中的重要职能是提供这些公共物品。政府通过政府职能的发挥，为建设"两型社会"提供必需的法律制度和政策、科技和设施保障，满足社会发展对公共物品的需求，以公共物品保证建设"两型社会"的方向。

（4）政府是建设"两型社会"法律制度的主要执行者。政府不但为建设"两型社会"提供公共物品，还是政策和法律的主要执行者。行政执法，是我国政策和法律执行的重要部分，而对于尚缺少法律规制的建设"两型社会"的行为，政府执法活动将对建设"两型社会"产生重要影响。政府执行有关环境友好、资源节约的政策、法律，是政府建设"两型社会"的重要内容之一。

二、政府在建设"两型社会"中的作用

(一) 政府在建设"两型社会"中的职能分析

政府对建设"两型社会"的作用能否发挥和发挥的效果如何，关系到建设"两型社会"的成败。政府职能是影响政府在建设"两型社会"中作用发挥的基本因素。政府职能在社会发展的不同历史时期，有不同的内容。在建设"两型社会"的过程中，科学分析政府的职能是确保发挥政府作用的前提和基础。

1. 调整"两型社会"建设中政府职能的依据

政府职能，亦称行政职能，是国家行政机关依法对国家和社会公共事务进行管理时应承担的职责和所具有的功能。政府职能涉及政治、经济、社会和文化等各个方面。从某种程度上说，政府职能是一定时期经济基础的反映。一定时期的政府职能，决定于并服务于一定时期的经济基础。但是，并不是任何时期的政府职能都与当时的经济基础相一致，政府职能可能会存在落后于经济基础的缺陷。在一个相对稳定的时期内，与经济基础相适应的政府职能，能促进经济和社会的快速、稳定发展；反之，则会阻碍经济和社会的良性、有序发展。因此，在不同时期应当对政府职能进行相应的调整，以适应经济基础发展的需要。

第一，建设"两型社会"，政府职能的调整不能脱离社会主义市场经济的大背景。社会主义市场经济是我国当前和今后相当长时期内的主要经济社会发展目标之一。我国政府职能在这个背景下的意义，应当是通过政府职能的发挥，促进社会主义市场经济体制的建立和完善。社会主义市场经济的理念，是建设"两型社会"过程中的主要依据和原则；市场经济的理论，是建设"两型社会"的理论基石；市场经济的基本规则，是"两型社会"运行的基本法则。"两型社会"不改变市场对资源配置的基础作用，也不影响政府在合理限度内对市场进行的干预。我国的"两型社会"是社会主义市场经济下的"两型社会"。因此，政府在建设"两型社会"中的职能不能与建设社会主义市场经济相脱节，政府在市场经济条件下的宏观调控和国家干预职能不能削弱。

第二，建设"两型社会"，政府职能的调整必须适应我国环境资源现状。"两型社会"在内容上主要包括保护环境和节约资源两个方面。这就要求政府必须首

先把握我国环境资源现状，了解我国为了保护环境和节约资源需要政府在哪些方面做出努力，才能实现政府职能的科学转变和调整，实现政府职能与经济基础及其发展现状相适应。我国是工业化起步较晚的国家，在短短几十年之内，走过了资本主义国家数百年的历程，环境与资源问题也集中爆发于这一时期，环境污染、资源浪费，是我国当前环境与资源问题的主要特点，必须把保护环境和节约资源放在今后发展的突出位置。但我国仍然处于发展中国家地位，加快发展仍然是当前和今后相当长一段时期的中心任务。经济发展必然会对环境资源进行消耗，如何在发展经济的同时又实现对环境的最有利的保护和对资源的最有效的节约，就成为摆在政府面前的一大难题。所以，政府在履行其职能时必须兼顾保护环境资源和发展经济的双重目标。

2. "两型社会"建设中发挥政府职能的主要领域

在市场经济体制下，经济的自由发展不会天然地保护环境与资源，不会天然地维护和增进社会公共利益，更不会天然地实现公平。"两型社会"是为了促进可持续发展，实现环境与资源利益公平的社会。经济发展与环境友好和资源节约之间这种矛盾在完全市场条件下是不可能避免的，必须借助于公权力即政府的职能对市场的缺陷予以克服，从而缓和经济发展和环境友好与资源节约之间的矛盾，实现环境与资源利益公平分享，把环境污染与资源浪费控制在社会承受力之内，促进经济发展、环境友好与资源节约的双赢局面，实现这种职能的主要手段即是国家干预。

国家干预，不是面面俱到，而是有其作用的主要领域。一般而言，在市场经济条件下，出现市场作用低效率、无效率或者负效率等情况而导致违背经济规律和不满足社会发展需要，即意味着对政府干预的需求。可以说，市场在多大程度上存在缺陷，就意味着社会经济在多大程度上需要国家干预，就需要多大程度上的政府职能的发挥。在建设"两型社会"的过程中，我国社会经济的以下缺陷领域，就是政府职能发挥作用的主要领域。

（1）市场经济"丛林法则"的缺陷。"丛林法则"是市场经济的规则之一。"丛林法则"，在不同的语境下有不同的含义，一般是指经济上弱肉强食的竞争状态。在环境与资源领域，是指任何主体，不论其是否对环境与资源构成损害，只要其具有吞没其他主体的实力，则可以实现消灭其他主体的目的。"丛林法则"的实施，使得社会主体专注于实力的壮大，而不管保护环境与资源的社会公共利益。我国正处于市场经济的发展阶段，"丛林法则"在社会竞争中已为社会所广泛接受和应用。但是，由于忽略了"丛林法则"的负面作用，使得社会主体为了竞争而不顾一切，这造成了我国当前的环境与资源的巨大压力。"丛林法则"的缺陷表明，必须通过一定力量的介入，改变"丛林法则"不顾环境社会公共利益的缺陷。政府干预"丛林法则"，是维护社会公共利益的必然要求。政府对"丛林法则"的干预，不改变"丛林法则"的根本规则，不影响市场经济的性质，只是对"丛林法则"缺陷方面的干预。

（2）"进化论"思想的缺陷。达尔文的"进化论"早已为社会接受，并影响了社会的进步与发展。其核心思想是"物竞天择，适者生存"，即世间万物，适应社会的物种会生存下去，不适者则被淘汰。在人类社会，进化论的思想体现为一切与社会发展不相适应的事物，均应被淘汰。这就意味着人与周边事物以及人与人之间存在竞争关系，只要在竞争中获胜，即获得继续生存的可能性。这种思想贯穿于环境与资源领域，则演变为人与周围环境资源存在征服与被征服的关系，只有在相互征服的过程中获胜的一方才有继续生存的能力或空间。这就意味着在与自然环境和资源的竞争中，获得优势地位的人有权利对自然环境随意开发利用，从而获得继续生存和发展的物质和空间，而对于处于劣势地位的环境和资源只有在社会发展过程中遭到淘汰。

然而，事实并非如此。人类历史表明，在经历着无数次人类战胜自然和环境的时候，自然和环境也无时无刻不报复着人类。土地、水、空气污染，环境质量下降，疾病瘟疫滋生，地震、洪涝灾害蔓延，气候变化异常，自然灾害频繁，自然资源短缺等，人类与自然环境资源的矛盾日益尖锐，时时刻刻都在昭示人们，"进化论"思想在这一领域存在着巨大缺陷。具体而言，我国当前自然生态环境恶化，资源短缺成为制约我国经济发展的瓶颈，这从某种意义上说正是自然和环境对我们的报复。同时，自然环境也在不断变化，原生态减少，人为因素增加，环境已越来越不适合某些生物的生存。显然，这些生物并不能及时进化以适应改变了的环境。如果按照进化论思想，则那些无法及时适应环境的事物都要被灭亡、被淘汰。这显然是对生物圈的严重破坏。为了保护物种、保护生物多样性，人类不能让动植物、生物等资源在现代化的环境中自生自灭，而是采取相应措施，通过营造一定的生存和发展环境来保护这些物种、生物多样性。因此，我们没有理由为一时战胜自然而沾沾自喜，相反，应当遵循自然规律，通过政府干预社会主体的经济行为，把经济建设和生态环境建设有机结合起来，建设"两型社会"。

（3）市场失灵。市场失灵一般表现为市场对资源配置的低效或无效。市场失灵，在工业化初期表现最为突出。工业化初期的经济快速发展，市场在保护环境与资源上的低效或无效，常常导致严重的环境污染与资源浪费。因为作为"经济人"的市场主体在逐利的过程中，不会主动增加保护环境与资源的成本，总是会不断地增大对环境与资源的使用，并尽可能地降低对环境的投入以实现成本最小化，而对于环境与资源的危害总是被一定区域的所有成员分担，必然造成"公地的悲剧"①，并最终造成严重的环境与资源问题。

市场失灵客观上需要国家干预。因为只有代表社会公共利益的政府才能够凭借其具有强制性的公权力规范和约束市场主体的短期行为，增加环境保护的成本，开发和利用节能降耗技术，促进清洁生产，实现生产过程中废物的减量化、资源化和无害化，发展循环生产等，克服因市场失灵造成的环境资源问题。

（4）环境与资源利益再分配的缺陷。环境与资源，是人类社会生存与发展的基础，任何环境污染和资源浪费，都可能构成对整个社会成员生存和发展权利的侵害。环境与资源，所有权属于国家，是全社会的共同财富；任何社会成员，都享有在舒适环境中生活的权利，对环境和资源的使用关乎社会所有成员的利益。因此，对环境和资源的分配存在着公平问题。市场对环境与资源利益的分配，主要还是初次分配；对环境与资源利益的再分配，市场根本无法进行。初次分配的结果，只是保证了极少的市场主体享有了环境与资源利益，而没有达到所有社会成员公平分享环境与资源利益的目的。为了保障社会成员享有环境与资源利益，国家必须对环境与资源利益进行再分配。国家对环境与资源利益的再分配，即政府对环境与资源的干预，体现的是社会正义。

3. "两型社会"建设中发挥政府职能的条件

建设"两型社会"需要充分发挥政府职能，实行国家干预。要达到促使社会朝环境友好、资源节约的方向发展，政府职能的发挥必须具备以下几个条件。

第一，政府主导"两型社会"建设的职能要具有明确性。在建设"两型社会"中，首先要对发挥政府职能的原则、目标、手段和作用范围等问题有一个明确的认识和规定。当前，政府促进"两型社会"建设的行为，主要体现在制定倡议性、号召性和鼓励性的政策，政府主要是为了单纯的行政管理之必要才被动地进行干预，政府的这项职能是依附于政府的环境与资源管理职能而存在的。环境与资源管理，是建设"两型社会"的重要内容，但并不会主动促进"两型社会"的形成。政府对建设"两型社会"的行为之干预职能，应该处在一个突出的位置，甚至独立为一项专门职能，因此，必须明确在建设"两型社会"中政府履行干预职能的原则、目标、范围、权限分工、机构设置、启动程序等，以保证政府干预的及时、适度和高效。

第二，政府主导"两型社会"建设的职能要具有正当性。因为政府行为并不总是与广大人民的利益相一致的，所以政府职能的发挥也不一定都能够得到人民的支持。也就是说，政府职能的不正当性会影响其职能发挥的效果。为了规避政

---

① 指加勒特·哈丁的著名的"公地的悲剧"论。

府的不正当行为，权力机关通过立法制定有关环境保护、资源节约方面的法律，赋予政府及其职能部门以明确的主导"两型社会"建设的职能，政府就取得了建设"两型社会"相关职能的正当性。

第三，政府的职能发挥，必须保证政府自身的运行能实现环境友好和资源节约。政府自身的运行，是以消耗资源为基础的，也会对环境造成影响，因此，政府运转中的环境友好与资源节约，与政府权限分工、机构设置、政府人员组成等问题密切相关。合理的权限分工，能协调政府之间的级别与管辖关系，节约资源。优化的政府机构设置，能避免政府机构的重复，不但能节约政府运行成本，而且能提高政府效率。政府和政府官员的行为，对社会具有一定的导向性。政府官员的环境友好资源节约行为，对社会有良好的积极作用。政府在建设"两型社会"过程中履行国家干预职能，必须保证政府行为自身的环境友好与资源节约，必须实现政府官员行为的环境友好与资源节约。

第四，政府干预需要较强的威慑力和执行力。一般而言，政府职能的发挥是通过国家的暴力机构实现的。当政府履行职能时，一般都会从权力机关的立法中取得相应的威慑力进而迫使政府职能作用对象自动履行相应义务，这种威慑力来自于国家的暴力机构——军队、警察、法庭和监狱等；而当政府职能发挥遭受抵触或阻碍时，这些机构就发挥作用，促使政府职能的作用对象接受政府号令，从而使政府职能具有强制性的执行力。政府干预行为的威慑力和执行力是政府在建设"两型社会"中职能发挥的保障。

4. "两型社会"建设中政府职能发挥的方式

政府职能并不是一成不变的，而是围绕社会政治经济文化等各个方面的发展而有所调整的。当前，建设"两型社会"已经成为我国国民经济和社会发展的一项长期战略任务，这就要求政府围绕这一任务把职能转变到"两型社会"建设上来。政府职能的转变，一个重要的方面就是转变其发挥作用的方式。

首先，在建设"两型社会"的过程中，政府必须提供足够的公共物品。这些公共物品包括稳定的政治环境、良好的社会秩序、完备的法律制度、充足的公共设施。稳定的政治环境和良好的社会秩序，是建设"两型社会"的基础条件；完备的法律制度，是建设"两型社会"的保障；充足的公共设施，是建设"两型社会"的客观要求。我国建设"两型社会"，是一个治理与建设的复合过程。对当前的环境污染与资源浪费的治理，是一个治理的过程；保障未来的环境友好与资源节约，是一个建设的过程。政府必须实现从统治到治理的转变，提供建设"两型社会"的法律和制度，必须公平和正义地分配环境与资源利益，提供确保社会成员有机会分享环境与资源利益的基础设施。

其次，政府必须加强"两型社会"建设中的宏观调控。我国建设"两型社会",需要有步骤、分阶段、分区域进行。市场不会天然地实现这种协调,只有通过政府的宏观调控,加强对市场主体的各种不当行为的约束和规制,才能因地制宜地推进建设"两型社会"。政府对建设"两型社会"的宏观调控职能,能克服盲目实践、避免出现建设"泡沫"、节省建设成本和保证建设顺利进行。

最后,建设"两型社会",需要政府培育与环境友好资源节约相适应的新的社会意识和社会文化。发展和培育全社会的环境友好与资源节约意识和文化,有助于促进形成环境友好资源节约的新的社会道德观和价值观。政府通过提供新的社会意识和文化教育所需要的基础设施、教育系统等条件,开展环境友好资源节约的意识形态教育,提高社会成员的环境与资源道德水平,促进形成新的社会道德观和价值观。因此,培育环境友好资源节约社会文化意识成为政府在建设"两型社会"中履行职能的又一重要方式。

(二)政府在建设"两型社会"中的主导作用

政府在建设"两型社会"中处于主导地位,与之相适应,政府当然在建设"两型社会"中起主导作用。政府对建设"两型社会"的主导作用,主要体现在以下几个方面。

1. 政府示范和引导作用

当前,由于"两型社会"的概念还没有完全为民众所理解,对这种社会的认识更是模糊;更由于指导建设"两型社会"的工具主要还是停留在政策的层面,要上升到法律的高度需通过大量立法、执法等来指导、约束人们的行为,使之转化为建设"两型社会"的自觉行动尚需时日,因此,我国建设"两型社会",目前主要还是依靠政府的指导性政策和政府的示范与引导。政府主导作用的首要方面,就是政府作为社会主体在建设"两型社会"中的示范和引导作用。政府必须做到自身的环境友好和资源节约,通过自身的环境友好型资源节约型行为为社会提供模型和范例,从而带动全社会投身于"两型社会"的建设。

2. 政府强制和制裁作用

环境不友好资源不节约行为,是对社会公共的环境资源利益的侵害。作为社会公共利益的代表和社会管理者的政府,有义务为维护社会公共利益而履行社会管理职能。政府对环境不友好资源不节约的管理,是通过设定一定的强制和制裁措施实现的,如对环境不友好资源不节约的产业采取关、停、转产措施或征收特别的税费,这就起到了强制作用;又如通过逐步制定和提高环境标准供企业遵守,如有违反则予以相应的处罚,从而起到制裁作用。政府对环境不友好、资源不节约行为的强制和制裁,为建设"两型社会"提供反面例证,有利于社会环保意识和节约意识的形成和发展。

3. 政府激励和奖励作用

政府的强制和制裁给建设"两型社会"设定了底线。但是建设"两型社会"更多地需要政府建立激励机制对环境友好资源节约行为予以褒奖和鼓励。因为建设"两型社会"除了法律、政策之外，更多地还包括道德成分在内。因此，对环境友好、资源节约行为的褒奖，会引导人们树立保护环境、节约资源的良好观念并付诸行动，这远比对环境不友好资源不节约行为的强制和制裁在效果上要好得多。同时，政府的激励和奖励措施在某些方面和某种程度上能弥补企业因采取环境友好资源节约措施所增加的成本，甚至为企业环境友好资源节约行为带来经济利益，如通过政府奖励个别清洁生产企业带动相关产业朝环境友好型资源节约型企业方向发展。由此可见，政府的激励和奖励，对建设"两型社会"显得尤其重要。

4. 政府保障和促进作用

建设"两型社会"需要政府保障和促进，这是由政府职能决定的。前已述及，政府是法律、政策等社会公共产品的提供者。政府通过制定"两型社会"建设的相关政策和措施，诸如发展循环经济、推行清洁生产等促进和推动"两型社会"建设的顺利进行；或政府通过推动立法来规定什么行为是必须做的、什么行为是禁止做的、违法行为的后果是什么，并对各类不利于环境友好资源节约行为作出惩罚和制裁的规定，以排除"两型社会"建设的各种障碍，作为顺利建设"两型社会"的有力保障。

第二节　政府的环境不友好、资源不节约行为及原因分析

前已述及，政府在建设"两型社会"中履行干预职能，发挥主导作用，但是政府并不总是在主动地履行职能和积极地发挥作用。因为作为公权力掌控者的政府在不同的时间和地点，行为表现各不相同。例如，在制定政策的场合，政府是政策提供者的角色；在执法的场合，政府扮演的却是执法者的角色；在政府自身的运行中，政府扮演消费者的角色；而在一些场合，政府同时扮演两个或两个以上的角色等。政府职能不是单纯的某一方面，也不是任何时候都一成不变的。在建设"两型社会"的背景下，我们期待政府按照人民的意志积极作为，也少不了对政府的环境不友好资源不节约行为进行分析，并用法律予以调整。

一、政府的环境不友好、资源不节约行为的表现

（一）政府作为公共物品供给者时的行为

提供公共物品，是政府的一项重要职能。任何政府，都必须为社会提供公共物品。政府在建设"两型社会"中的主导地位，主要是通过为建设"两型社会"提供足够的公共物品来实现的。公共物品的供给与需求之间的关系，是政府在建设"两型社会"中需要处理的重要关系。公共物品的供给与需求不平衡、供给与需求错位甚至供给缺位是当前政府环境不友好资源不节约行为的重要体现。政府的不同机关，在为建设"两型社会"提供公共物品时，对环境资源的影响不同。

1. 立法机关的环境不友好、资源不节约行为

立法机关作为广义上的政府的一部分，为建设"两型社会"所提供的公共物品，主要是有利于环境友好资源节约的法律。而我国目前的状况是，法律法规逐渐增多，但有利于建设"两型社会"的立法还显缺失，有关环境与资源方面的立法滞后于建设"两型社会"的紧迫的现实需求，没有把"两型社会"作为一项宏观的系统工程来规划立法；现有的环境与资源立法在立法指导思想上没有体现环境友好型、资源节约型整体理念，相互之间缺乏互补性和协调性，往往陷入头痛医头、脚痛医脚的泥潭；针对非环境与资源方面的立法往往局限于其所针对的领域，从而忽视了该项立法对环境友好和资源节约的关注和照顾。这说明，我国立法机关在建设"两型社会"问题上还有很多事情要做，法律生态化还是一项重大的工程。对此要求的不作为，就是立法机关的环境不友好资源不节约行为。

立法机关的立法行为对"两型社会"的影响虽然是间接的，却又是全面的、普遍的，如不加以宏观规划和严格约束，其行为就会有损于"两型社会"建设，甚至完全局限于经济发展而忽视环境保护和资源节约，给"两型社会"建设带来严重的不利后果。例如，为了及时、灵活地管理社会的需要，立法机关往往会授予行政机关一定时期一定方面的行政立法权，这被称作授权立法。在授权行政立法中，行政机关有权针对社会环境与资源问题通过立法及时有效地规制和约束人们的行为，这无疑对环境友好资源节约是有利的。但是，如果被授权的行政机关出现信息失真、指导思想错误、立法技术水平低下甚至越权立法等问题时，其所制定的法规注定将对生态环境和自然资源产生重大破坏作用。环境不友好资源不节约的授权立法行为等同于立法机关环境不友好资源不节约行为，其影响自然也是普遍的、深远的。

2. 行政机关的环境不友好资源不节约行为

行政机关，即狭义政府，是与环境资源直接作用最明显的机构之一。政府为

社会提供公共物品的行为，大多都是由行政机关担任供给者角色。首先，作为国家权力执行机关的行政机关，其行政执法行为作为为社会提供公共物品的主要方式之一直接作用于环境资源，直接对一个区域的环境资源产生影响；其次，行政机关基于立法机关的授权，可以制定相关的行政法规作用于环境资源，致力于"两型社会"的建设；再次，行政机关基于其法定职权，可以就"两型社会"建设相关问题制定具有普遍约束力的规范性文件，即抽象行政行为。行政机关提供公共物品具有直接性和间接性相结合的特点，是政府履行该项职能的主体，必须加以严格规制。

（1）环境不友好资源不节约的抽象行政行为。行政机关的抽象行政行为，并不直接作用于环境资源，其对环境资源的影响是宏观的和间接的，必须通过具体行政行为和行政行为相对人的遵守，才能产生对环境资源的影响。① 如果抽象行政行为不顾及环境资源利益，则会对环境资源造成危害。环境不友好资源不节约的抽象行政行为表现在以下两方面：一是行政机关在制定与环境、资源相关的政策时，因缺乏足够的调查研究而导致信息失灵或因缺乏超前意识目光短视等，致使所制定的政策不切实际情况，或者局限于眼前环境资源状况，或者缺乏可操作性甚至相互矛盾，从而不仅不利于保护生态环境和自然资源，反而对现有生态环境资源造成破坏的行为；二是行政机关在制定环境与资源以外的政策时，往往缺乏对环境与资源状况的通盘考虑，或者只顾眼前和局部利益而忽视长远和全局利益，或者甚至单单是个别领导人为了形象工程、政绩工程，致使所制定的政策忽视环境保护和资源节约，采取不可持续的发展战略，直接危及生态环境资源的行为。

（2）环境不友好资源不节约的具体行政行为。行政机关具体行政行为，对环境资源的影响，集中体现为行政机关行使职权的具体行政行为对环境资源的影响。② 行政机关的重要职能是为社会提供足够的公共物品，因此，对所提供的公共物品的认识，直接影响行政机关的具体行政行为。不同的行政官员，对公共物品存在不同的认识，对社会的公共物品的需求也存在不同的认识。在政绩驱动下，新上任的官员，总是认为其行政机关所辖区域的公共物品是不充足的，或是数量上不足的，或是质量上低劣的，或是两者兼而有之等。于是，官员在改变公共物品供应不足的现象和为社会发展提供充足公共物品的华丽口号下，大张旗鼓

---

① 如政府限制一定排量的汽车上路，这直接影响到一个区域的汽车尾气排量，直接影响该区域的空气质量和对油气资源的消耗。再如政府通过发布水库修筑标准条例，规定修筑水库的标准，如果这个修筑标准不符合环境友好资源节约的要求，则会给修筑水库地区的生态环境造成严重影响。

② 我国官员追求政绩的行为，往往造成"官换面貌换"的现象，即某地区新的领导到任，为了政绩，必须对有限的资源和面貌进行改造、改换和更新等行为。这导致市容市貌不断变化，又无创新，造成对环境的负面影响，造成资源的巨大浪费。

地进行提供公共物品的行政行为。这些具体行政行为的决策，主要取决于官员的个人意志，而对追求政绩的新官上任官员来说，他是不会考虑该行政行为的环境资源效应的。毕竟，政治家不是无所欲求的神灵，在缺乏有效制度约束的条件下，政治家和政府官员则会侧重谋求他们自身的内部私利，如谋取更多升级的机会、争取更多的经费等，而不是"最大多数人的最大福利"①。根据"帕金森定律"（Parkinson's Law）②，政府不能避免其发展的自身缺陷，政府总是追求机构规模和人数的最大化。行政机关追求机构规模和人数的最大化，必然会增加对环境资源的消耗，从而引发环境资源问题。行政机关具体行政行为对环境资源的影响，是微观的和直接的。

3. 司法机关的环境不友好资源不节约行为

司法机关为社会提供的公共物品，主要是履行侦查、起诉、审判职能，为"两型社会"的建设提供司法保障，包括直接对涉及侵犯社会公众环境利益和资源权属等案件的审理，以及对其他相关案件进行审理时考虑到环境保护与资源节约因素。因此，司法机关的环境不友好、资源不节约行为就主要包括在以下三个方面。

一是对直接涉及侵犯社会公众环境资源权益的刑事、民事和行政案件怠于行使侦查、起诉、审判等追诉职能，从而使侵害公众环境资源利益者得不到相应的追究和制裁，属玩忽职守的具体体现；

二是对其他相关案件进行查处时，没有照顾到环境保护与资源节约因素，从而导致案件处理结果影响和制约了环境保护和资源节约，如在处理某起土地承包合同纠纷时，没有对承包者采取破坏性手段使用土地的行为确认为违法而宣告合同无效；

三是在行使自由裁量权的时候没有把有利于环境友好资源节约的行为纳入优先考虑的因素，从而作出不利于保护生态环境资源的判决，如在处理行政诉讼案件使用自由裁量权时，单纯地注重保护具体行政行为相对人的权利而不考虑环境资源因素而裁决行政机关败诉。

（二）政府作为公共物品接受者时的环境不友好资源不节约行为

政府作为社会的主体之一，与其他社会主体一样，也是政府所提供的公共物品的接受者。政府在为建设"两型社会"提供法律制度、环境政策、环保意识等

---

① 此所体现的就是福利经济学的内在性，也称内部效应（internality）。

② 指福利经济学中的"帕金森定律"（Parkinson's Law）；无论政府机构的工作量是增加了还是减少了，或者没有什么工作可做，政府机构的规模和人数总是按同样的速度递增。

公共物品的同时，模范地遵守环境法律制度、践行环境政策并自觉培养环保意识，就是政府作为公共物品接受者的行为。因此，遵守和执行是其作为公共物品接受者最明显的特征。

政府在扮演法律政策作用的对象时，如果行为偏离环境友好资源节约的思想导向，或者不具备环境友好资源节约意识，则会产生环境资源问题。这其中既包括政府制定政策措施没有与已有的环境资源法律、法规和政策相适应，又包括下级或同级政府基于部门、局部或地方利益，怠于遵守上级或同级政府相关的环境资源法律、法规和政策，还包括政府自身贯彻相关环境资源政策、法令不彻底，从而影响"两型社会"建设进程的行为。可见，政府的合法执行行为，是可能产生环境不友好、资源不节约效应的。

（三）政府作为消费者时的环境不友好资源不节约行为

政府作为社会主体之一，不仅履行着社会公共事务管理者的职能，同时还充当着社会资源消费者的重要角色。政府本身也是社会资源的一大消费者，主要表现在：①为维系管理职能的正常运转，政府必须拥有建筑物、办公用设备以及其他所需的产品或服务；②为维系国家安全以及社会治安，政府所产生的设施与装备需求；③政府建设与管理的为公众服务的公用基础设施建设与管理需求；④政府对外交往行为以及对外援助所产生的需求等。这就形成了一个庞大的政府采购市场。政府采购实际上就是政府使用国家财政资金以满足自身正常工作运转需要的消费行为。抛开"政府"这一行为主体的特殊性，它与普通市场消费行为并无本质区别。政府作为消费者时的环境不友好资源不节约行为实质是政府消费行为失范。其最突出的表现莫过于财政资金使用效益的低下所体现出来的政府采购的低成效。政府采购行为的不绿色不环保现象，本身就是对环境资源的极大破坏和浪费。

当前政府机构在自身运行中，资源效率相当低下，资源浪费现象非常严重。根据2005年北京市的一项调查显示，有的政府公务人员1天的耗电量，够一个普通老百姓19天的生活用电；权威部门测算，我国政府机构（包括教育等公共部门）的能源消费约占全国能源消费总量的5%，节能潜力为15%～20%，能源费用超过800亿元，单位建筑面积能耗超过世界头号耗能大国——美国政府机关1999年平均水平的33%。[1] 国外的多类、多项研究报告及国内学者的文章早已毫不忌讳地指出，中国是世界上行政成本最高的少数国家之一。政府机关已成为与大型公共建筑、高耗能企业并列的资源消耗大户，政府的高消耗必定带来高污染和高环境破坏。

---

① 陈耀文：《建设节约型社会应先打造节约型政府》，《第一财经日报》，2005-07-06。

二、政府的环境不友好、资源不节约行为的原因探讨

西方经济学家斯德恩（Stern）认为："不同的环境相关行为有不同的产生原因，这些重要原因在个体与行为间有很大不同，因此，对每种行为进行研究时都应该分别独立加以理论化"。① 政府是由政治家，官员以及他们控制的机构组成的系统，政府行为可归结为一定程序下个人和群体对不同行动方案的选择过程。按照这种理论，建设"两型社会"过程中政府行为的失范，即为政府在不同身份角色下作出了环境不友好资源不节约的方案选择。总的来说，导致这些失范的政府行为形成的原因包括了内在和外在方面的因素。

（一）政府环境不友好资源不节约行为的内因分析

1. 政府理念的偏差

建设"两型社会"产生于人们对环境资源问题解决途径的探索。而人为的环境资源问题产生的最终根源是人的思想观念。对环境资源产生影响的人类社会的基本观念，主要包括发展观、伦理道德观、价值观和消费观等。② 这些基本观念不仅直接支配着包括政府在内的社会主体的行为，还影响着包括政府在内的人类社会基本组织结构的运行机制。环境资源问题的解决，有赖于发展方式和发展道路的转变，有赖于人们尤其是对人类社会行为起着主导作用的决策者、领导者的发展观的转变和具体的发展行为的转变。政治领域的科学发展观未得到真正落实，是政府社会公共事务管理行为失范的主要原因。政府责任的环境资源问题，归根结底，是政治领域的发展观问题。多年来，我国采取的是以经济发展替代政治发展、以环境资源的过度损耗来换取经济快速增长的做法，是极其不科学的、庸俗的发展观的体现。建立"两型社会"是贯彻和落实科学发展观的重大决策，但我国目前处于社会转型时期，科学发展观、绿色文明价值观尚未真正完全地内化到政府执政理念和执政纲要之中。另外，政府机构成员个体环境资源意识淡薄，没有形成政府整体的环境友好资源节约理念，则是造成政府整体消费行为异化的主要原因。一些政府部门的高耗能、高污染的现象的根源就在于政府公务人员节约意识和环保意识的缺乏。

2. 政府利益的存在和扩张

政府行为之所以会偏离正确的轨道，对环境资源造成负面影响，还在于政府

---

① 斯德恩：《建构环境保护行为的连续性理论》，《社会问题》，2000 年第 3 期。
② 叶文虎，韩凌：《对深入进行环境教育的再思考》，《环境科学学报》，1998 年第 6 期。

自身不当利益的扩张。长期以来，人们普遍把无私地追求社会公共利益看作是政府的绝对职能，"把社会公共利益的最大化视为行政行为和政府制度的最终目标。"① 但是，历史和现实证明，政府除了公利性、利他性以外，它还有其自身的利益，没有任何一个社会，能够完全保证公共权力的公共性，能够完全维护公共利益不被侵蚀。在很多情况下，政府表现为一个独立的利益实体，有着自己的利益追求和政治愿望，成为与社会相对应的存在物。② 当政府利益与包括环境资源保护在内的公共利益内容相悖或者冲突时，政府就可能为谋求其自身利益而忽略甚至侵犯公共利益，背离政府行为的最初目标。

"政府本身有其自身的利益，政府各部门也有其利益，而且中央政府与地方政府也有很大的区别，政府行为和国家公务员的行为与其自身的利益有密切的关系。"③ 概括起来，政府利益的结构由政府整体的特殊利益和政府成员的个人利益构成。一方面，政府组织作为一个利益的整体，具有自我膨胀倾向，这是造成政府行为异化的一个重要原因。因为根据"帕金森定律"（Parkinson's Law），政府总是追求机构规模和人数的最大化，必然会增加对环境资源的消耗，从而引发环境资源问题。同时，政绩和财政收入作为政府整体的政治利益、经济利益最为直接的体现，往往成为政府单一的追逐目标，导致其行为的失范。另一方面，政府各个成员对自身个人利益的追求而实施的环境资源不利行为，其总和也可以构成政府行为的失范。作为一个社会的人，政府官员与社会经济生活紧密联系在一起，他们也具有自身的利益取向。如个人价值的实现、职位的升迁、个人经济利益的增进、对舒适生活的追求等。"人们要是其权力足以攫取私利，往往就不惜违反正义。"④ 政府成员既是政策的制定者又是政策的执行者和操作者，这一特殊身份，使他们有条件为谋取自身的政治、经济利益而不惜牺牲社会公共利益。

（二）政府环境不友好资源不节约行为的外因分析

制度本身的弊端和缺失，没对科学发展观在政府机构中的树立起到正确、积极的推动作用，同时也不能有效地控制和约束政府自身利益的膨胀和扩张，这是政府在建设环境友好资源节约社会过程中行为失范的外因。

1. 现行制度的弊端

制度本身不绿色、不环保的弊端使制度的导向作用以一种负面的形式体现出

---

① ［美］布坎南：《自由、市场和国家》，吴良健等译，北京经济学院出版社，1989年，第35页。
② 张康之：《限制政府规模的理念》，《行政论坛》，2000年第4期。
③ 李学：《公共政策中的政府利益分析》，《行政论坛》，2002年第2期。
④ ［古希腊］亚里士多德：《政治学》，吴寿彭译，商务印书馆，1965年，第316页。

来，阻碍了先进的政府执政理念的形成，并间接导致了政府行为的失范。这主要体现在一些本身设计不科学的制度对政府决策管理行为的误导方面。比如：决策机制的弊端。政府部门的一项决策，从决定、实行到评价往往比较匆忙，缺乏科学、周密的论证、听政和反馈程序，难免助长长官意志和决策失误。单一、单向的政府计划、政府行为导致和加剧了政府"实绩主导"和"办公室预案"的倾向和后果。失误的政府决策行为，矫正起来成本与代价很高，其导致的环境资源负效应往往是不可逆的，无法挽救和补救，造成的环境损害和资源损耗也比较大。再如，GDP 核算制度的不科学。作为评价国民经济生产活动最终成果的 GDP，未考虑环境破坏对生活质量的负面影响，GDP 反映不出自然资源和生态环境破坏的程度。凡是那些 GDP 增长快的地区，往往都是生态环境破坏严重、自然资源消耗严重的地区。① 从客观上说，现存的 GDP 核算方式在一定程度上助长了政府盲目追逐经济增长而忽略环境资源保护的行为，结果就是造成环境污染、生态破坏、资源枯竭。另外，官员政绩考核制度的不完善。从我国目前的干部考核体制来看，衡量一个干部的政绩如何，主要是看他在任期内产值增加多少，新建了多少项目，即所谓的"数字出干部，干部出数字"。因此，政府官员往往为谋求自身的政治利益最大化，而热衷于一些提升自身形象的政绩工程的建造及相关政策的制定和实施，不惜支持、纵容、参与掠夺开发已经濒临危机的资源，对于投入大且见效缓慢的环保项目缺乏应有的重视，与环境资源相关的政策则暂缓执行或变通执行。因此，可以说，许多政府行为的失范，都是相关制度本身的弊端"惹的祸"。

2. 相关制度的缺乏

我国现行的多项政策和法律，都少有将政府行为直接作为调整对象，对政府行为缺乏必要的监督、控制和约束机制。前已述及，政府并非时刻都是公众利益的代表者，政府自身利益的存在必然会导致其行为与维护社会公共利益职能相违背，这其中的社会公共利益当然包括环境利益。如果不存在对政府行为有效的制约机制或者约束机制软化，政府的自身利益就会不断膨胀扩张，导致利益驱动下的一系列政府行为的失范，导致政府纵容甚至直接参与破坏环境资源的行为发生。当前我国对政府行为约束机制的缺失突出体现在对政府消费行为的规制不足方面。经济学开山大师亚当·斯密（Adam Smith）曾说："地大物博的国家，固然不会因私人奢侈妄为而贫穷，但政府的奢侈妄为，却有时可能把它弄得贫穷。"② 在我国，政府机构与大型公共建筑、高耗能企业属于资源消耗的三大重

---

① 仲大军：《我国社会各领域的科学发展观及量化指标》，《江西社会科学》，2004 年第 8 期。

② 黄铁苗：《节约经济学》，中国金融出版社，1990 年，第 434 页。

点领域，却长期以来一直都没有资源使用方面的定额限制和定额管理制度对政府的消费行为加以约束，使政府成为节能监督工作的"盲区"。

第三节　建设"两型社会"过程中对政府的法律规制

一、建设"两型社会"过程中对政府角色的规制

法律和制度先行，是世界各国在建设"两型社会"上的通行做法。在主导型的政府角色中，政府作用发挥程度的高低，决定着建设"两型社会"的成败。对政府角色的法律规制，把政府的活动范围、权利义务和职能法定化，是政府角色发挥应有效用的保障。这主要从以下三个方面进行。

（一）立法明确规定政府在建设"两型社会"中的活动范围

我国没有明确规定政府在建设"两型社会"中的活动范围，政府职能的发挥具有不稳定性，政府角色的扮演也具有不确定性。因此，完善法律法规体系，明确政府在"两型社会"建设中的活动范围和行为方式，就具有重要意义。它是我国建设"两型社会"的当务之急，也是对政府进行法律规制的前提。没有明确的活动范围和行为方式，就没有明确的政府角色，也就没有可能对政府行为的合理期待。一切都处在不确定之中，建设"两型社会"的预定目标也就难以实现。

在我国现阶段建设"两型社会"，政府主要承担起提供建设"两型社会"所需的稳定的政治环境、良好的社会秩序、完备的法律制度、充足的公共设施等公共物品的职能，强化政府在"两型社会"建设中的宏观调控职能，要求政府发挥主导优势、履行培育与建设"两型社会"相适应的新的社会意识和社会文化的职能。只有立法赋予政府这些职能，明确其活动范围和行为方式，才能促使政府为"两型社会"建设提供良好的制度、环境和社会观念准备，并推动整个社会朝着环境友好、资源节约的方向迈进。

（二）立法明确政府在建设"两型社会"中的权利义务

首先，明确政府权利。依法治国要求政府行为具备合法的法律依据，这就要求运用立法赋予政府通过宏观调控建设"两型社会"的权力，即政府干预的范围、干预的手段必须法定化。政府行使权力必须遵守一定的程序，不能违反法律的规定。

其次，明确政府义务。政府有义务为社会提供建设"两型社会"所必需的公共物品，有义务保障社会成员有机会公平分享环境资源利益，有义务制裁违反法律法规的行为，有义务为社会提供建设"两型社会"的路径、方式、目

标，有义务推广和普及环境友好与资源节约的社会文化和意识。这些义务必须通过法律予以明确，否则，即使社会有环境友好、资源节约的企盼和需求，政府也会因为无法可依而无动于衷，甚至即使是实施了相关行为，其效果也必定大打折扣。

最后，明确政府责任。当政府角色的扮演处于低效率或无效率状态时，政府应对其没有完好履行政府角色承担法律责任。政府责任包括政府及其责任人员的行政责任、对社会成员的民事责任和政府责任人员的刑事责任。立法明确政府的责任，是确保"两型社会"建设顺利进行的重要保障之一。

（三）推行政府机构改革和职能转变

在中国面临社会转型和大力发展社会主义市场经济的现阶段，建设"两型社会"过程中要有效发挥政府的作用，政府职能转变就显得尤为重要。而加快推进政府职能转变，就是要将政府从注重政治统治转向注重促进社会和谐、环境友好；从注重经济发展转向注重资源节约和经济发展的可持续性。这些都需要法律发挥其促进、引导、规范和制约的作用。

政府职能需要特定的政府机构来承担，政府角色需要特定的机构来表现。对我国"两型社会"建设中政府角色的法律规制，根本的是改革我国的政府机构，用法律来明确政府机构的权利、义务和责任。我们应该抓住环境保护部成立的契机，抓紧推进政府机构改革和职能转变。

二、建设"两型社会"过程中对政府行为的规制

（一）确立政府行为的基本原则

如前所述，政府无论处于何种角色，都可能导致环境不友好、资源不节约的后果。居于主导地位和起主导作用的政府，必须是环境友好型、资源节约型的政府，否则，政府将不能对建设"两型社会"产生积极的推动作用。建设"两型社会"，必然包括建设环境友好型、资源节约型政府。环境友好型、资源节约型政府，首先应保证环境友好、资源节约理念成为政府行为遵循的基本原则。环境友好、资源节约的基本原则，是贯穿政府行为始终，对政府行为有环境友好、资源节约的指导和制约作用的准则。全面确立环境友好、资源节约的政府行为的基本原则，是建设环境友好型、资源节约型政府的核心。环境友好、资源节约的基本原则，对政府行为起事前指导和制约作用，全面贯彻这一原则，从源头上规制和激励政府行为的环境友好、资源节约性质，是政府主导作用发挥的前提。政府行为环境友好、资源节约的基本原则，具体包括以下几个方面。

1. 环境友好型、资源节约型立法原则

环境友好型、资源节约型立法原则，指以环境友好、资源节约为立法的主导思想之一，把环境友好、资源节约理念贯穿于每一部法律的制定过程中，确保立法机关所立之法的环境友好、资源节约性质。

2. 环境友好型、资源节约型行政原则

环境友好型、资源节约型行政，指政府的任何行政行为，都必须接受环境友好资源节约的指导和制约，政府行政行为的产生过程是环境友好、资源节约的。行政执法机关在依法执法时，应当充分考虑执法行为对环境友好、资源节约的影响，避免执法产生环境不友好、资源不节约。当执法的对象是环境资源或与环境资源相关的事物时，执法者则应以环境友好、资源节约为进行执法行为的标准。执法者，应被赋予实施环境友好、资源节约的执法行为的义务。环境不友好、资源不节约的政府行为，将不可能获得实施和尊重。环境友好型、资源节约型行政原则，是依法行政原则的重要内容。依法行政，必须是环境友好、资源节约的依法行政。

3. 环境友好型、资源节约型司法原则

环境友好型、资源节约型司法原则，指司法机关在行使职权时，必须遵循环境友好、资源节约的理念，努力避免司法行为对建设"两型社会"造成负面影响。司法权的行使，应是有利于建设"两型社会"的，司法权的行使是建设"两型社会"的催化剂。

（二）建设有效规制政府行为的法律制度

科学合理的制度设计，本身就是环境友好、资源节约科学理念内化为政府执政理念的过程，同时也是把政府利益控制、约束在合理、合法的范围之内的根本途径。一方面对政府的执政理念和行为起到正面引导和激发的作用，同时也能对不科学的政府执政理念和失范的政府行为起到矫正和防范的作用。在建设"两型社会"的过程中，必须要解决政府干预不适当、干预失灵及政府自身对资源环境不合理消耗的问题。因此，我们认为，对规范政府行为相关制度的完善和重新设计，是我们建设"两型社会"的当务之急，主要可以考虑从以下方面进行。

1. 改进和完善政府决策机制

要建立和完善环境与发展综合决策制度，实现政府决策的科学化、规范化、民主化。首先，对政府和部门的重大决策，应进行专家论证、技术咨询、效益评估，以实现决策的科学化，避免政府部门因决策失误引起的错误导向；其次，要极力规范政府对重大经济社会问题的决策程序，尤其是"三不决策"制度①，即没有经过充分的调研论证不决策，没有两个以上的比较方案不决策，没有经过专家学者的论证不决策；最后，要大力推进公众参与决策制度的落实，制定重大事项社会公示、社会听证、民主评议、行政公开等制度的具体实施方案，这些直接性或半直接性政治参与制度和渠道的建立和完善，能极大提高公民参与政府决策的广度和深度，有利于提高政府决策管理水平，有利于不断推进"两型社会"的建设步伐。

2. 健全政府及领导干部的环保政绩考核制度

在考核领导干部的政绩时，不能只看 GDP，不能只看"政绩指标"，还要看"绿色指标"，实施绿色政绩考核指标。这就是说，在对一个地区发展情况和领导干部的政绩进行考察时，必须把资源消耗和环境影响状况纳入其中，将贯彻落实国家环保法律法规情况、环境质量变化、环境保护工作进展、污染物排放强度、节约资源、节约开支、群众满意程度等也列入政绩考核，并实行领导干部环保离任审计制度。这样才能促使政府花大力气扭转一些地方和行业不惜以牺牲资源和环境为代价换取 GDP 增长的错误做法，才能遏制政府机构浪费现象，才能促进经济增长方式由粗放型向集约型转变，使经济发展走上健康的轨道。

3. 建立和完善绿色 GDP 核算制度

改革传统国内生产总值（GDP）的核算方法，推行绿色 GDP 制度，即在国民经济核算体系中纳入自然资源和生态环境因素，反映出扣除经济活动中资源耗减成本和环境损失后的国内生产总值。我国绿色 GDP 核算体系框架已初步建立，它建立了环境实物量核算、环境价值量核算、环境保护投入产出核算以及经环境调整的绿色 GDP 核算四个具体的表式核算框架。② 但是，目前绿色 GDP 还未上升到法律高度，还没有实现合法、有序、广泛地执行，我国的绿色 GDP 核算制度建设仍属空白。因此，随着绿色 GDP 的推行以及核算技术和方法的不断完善，还必须制定和完善相关的法律、法规以实现绿色 GDP 核算的法制化。比如在时机成熟时制定《绿色 GDP 核算法》，确定绿色 GDP 的核算方法，规定核算的内容和范围等，从而建立起我国的绿色 GDP 核算制度。

---

① 刘平：《转变政府职能、建设资源节约型社会》，《经济参考报》，2004-7-14。
② 李俊然：《论循环经济的法制障碍与制度创新》，《河北法学》，2005 年第 10 期。

4. 完善政府行为环境影响评价制度

政府行为的战略环境影响评价制度，是保证政府行为的环境友好、资源节约的核心制度。我们应该在做好建设项目环境影响评价和发展规划环境影响评价的基础上，建立和完善战略环境影响评价制度，对政策、法规、规划、计划中的资源环境承载能力进行深入分析预测和科学评价，从源头和过程控制大面积环境污染和生态破坏的发生。政府行为的战略环境影响评价制度，不是绝对的对任何政府行为都评价的制度，而是有分别、有重点的评价制度。具体包括两个方面：①环境友好资源节约的事前评价制度，它是指在政府行为的策划、设计阶段，对其进行环境友好资源节约评价，对不符合环境友好资源节约标准的政府行为，在事前予以制止。②环境友好资源节约的事中评价制度，它是指政府行为实施过程中的环境友好、资源节约评价，避免政府行为在实施中的歪曲，并对政府决策在执行中在实证性研究，确认其环保方面的正当性，保证政府行为实施中的环境友好、资源节约。

5. 建立环境友好资源节约的优先权制度

环境友好、资源节约的优先权制度，指同等条件下的任何政府行为，当其具有环境友好、资源节约内容时就应当获得优先支持；当环境资源利益与其他利益发生冲突时，环境资源利益优先于其他利益的制度。环境友好、资源节约的优先权制度，在立法中的体现就是要优先加快环境友好、资源节约立法；在行政中体现的是优先推行环境友好、资源节约的行政行为；在司法中的体现就是司法自由裁量权优先处理环境友好、资源节约的事务；在纠纷解决时，环境友好、资源节约利益优先于其他利益。

6. 完善环境责任追究制度

首先是实行重大决策终身负责制度，对于每一项重大决策，都要建立档案，要求决策的领导者对自己的决策终身负责。对于领导干部在决策中存在的严重失误、失职行为，不论存在的问题和造成的后果在什么时候暴露出来，也不论这个领导干部的职务和岗位发生了什么变化，都必须依法追究其领导责任。其次是对责任主体范围的明确。不仅是政策的直接制定者、参与制定者，对失误的重大决策负有直接责任的主管人员、负有领导责任的人员，还包括对包庇、纵容、放任环境违法行为导致辖区环境恶化的地方政府领导，对不履行环保职责的有关部门负责人，对不作为和乱作为的环保执法人员，如何追究其责任都应作出具体的规定。最后是责任形式的明确。要把政府对环境质量负责的政治责任转化为实质上的更为完善的法律责任，即包括政府及其责任人员的刑事责任、民事责任和行政责任三方面的责任形式。

7. 建立政府可持续消费制度

政府通过自身的环境友好和资源节约来为社会提供模型和范例，以此发挥其在建设"两型社会"过程中的示范和引导作用，绿色节约的消费行为是其中重要的内容，必须通过可持续消费制度的建立来引导。可持续消费，是建设"两型社会"的可行的消费制度。政府可持续消费制度侧重于政府消费过程的节约性、消费理性和消费可持续性。具体包括推行政府绿色采购制度，尽量控制政府自身运行成本，采购环保产品，对采购规模、使用、报废等环节进行密切监督和约束；实行对政府机构资源使用的定额限制和定额管理制度；设计一套硬性的利益约束机制，把降低能耗、节约开支与公务员切身利益挂钩，靠制度约束公务员的能源浪费行为。由于政府各机关各部门是财政补贴的对象，因此在节约利用资源方面负有表率职责，可考虑制定《国家机关与公共机构资源节约法》，① 或者制定一部以约束政府及其官员的消费行为为目的的《政府消费法》，上升到法律层面来保证政府的可持续消费制度的落实。

8. 完善民主监督制度体系

政府行为能否实现环境友好资源节约，必须以有效的监督为保障。有效的监督制度，能克服政府自身缺陷，也能提高政府的环境友好、资源节约的效率。建立和完善环境友好、资源节约的监督制度，就是充分调集社会各种力量发挥督促作用，对政府的决策管理以及消费行为是否属于环境友好、资源节约的行为进行监督，及时纠正政府的环境不友好、资源不节约行为。概括起来，应该从以下几方面完善政府行为的民主监督制度体系：建立对行政权力的制约和监督机制，充分发挥行政系统内部监督、媒体舆论监督和社会监督的作用；强化人大监督，完善重大事项报告制度、质询制度、民主评议制度和政府规章备案审查制度，及时纠正违法或不适当的决策；完善司法审查监督制度，做到有权必有责，用权受监督。

---

① 常纪文：《建设环境友好型社会的法学思考》，《中国环境报》，2005-11-15。

第六章　企业与建设"两型社会"

第一节　企业在建设"两型社会"中的地位和角色

一、企业与自然环境资源的关系

（一）企业与自然环境的关系

自然环境是人类社会可持续发展的物质基础。科技的发展、社会的进步在改善我们生活条件的同时，也对我们赖以生存的环境造成了严重的破坏。企业作为经济活动中的基本单位，是各类环境污染问题产生的源头之一；同时，环境的恶化也最终会成为制约企业自身发展的瓶颈。这就要求企业应当成为环境保护的主要实施者。

1. 自然环境对企业的影响

首先，企业的生存和发展以一定的自然环境为基础，受地理位置、地形条件、水文、土壤、气候条件等诸多环境要素的制约，如生产暖气片的厂家不会将厂址设在热带地区，同样的道理，在地形条件复杂的山区，联合收割机则难以找到市场。可见，自然环境的差异会对产品的用途以及市场需求产生影响，于是自然环境成了某些企业追寻市场所依据的标准，并进而依据不同市场的特点对产品进行设计或改进。以家用电器为例，气候的差异使空调的用途各不相同，在较寒冷的地区需要制热，在热带地区则需要制冷，在年温差大的地区则需要双制式（制冷及制热）空调；在一些较偏远的山区，由于地形影响，信号较弱，生产彩电的企业则需要针对这一情况对产品进行改进。此外，自然环境还会改变企业的生产工艺、产品包装、运输以及存货成本。尽管"一骑红尘妃子笑"的典故发生在一千多年前，现代科技的发展和技术的进步依然不能使企业完全摆脱时间和空间所带来的限制。[①]

其次，环境污染会对企业发展产生影响。适宜的环境对企业的发展起着举足轻重的作用。随着环境质量的日益下降，企业为利用环境付出的成本必将逐步增加。同时，环境污染也影响企业进行生产经营活动的微观环境，企业为了尽量减

---

① 席酉民：《企业外部环境分析》，高等教育出版社，2001年，第221页。

少污染所带来的影响，也将付出一定的成本。企业生产成本的增加，必然导致利润降低，造成企业经济效益的下滑。对于旅游业这类的企业，由于行业自身的特点，其受环境污染的影响更加明显。环境是旅游企业出售的产品之一，因而旅游业的发展与环境质量息息相关；而旅游业又是一个综合性的产业，某一地区旅游业的发展会带动周边地区许多相关行业的发展，如交通、商业等，而一旦环境受到破坏，旅游业首当其冲，同时其他的行业也会受到连带的影响。

2. 企业对自然环境的影响

在经历了工业时代的大机器生产之后，人类改造自然、影响自然的能力达到了前所未有的境界，尽管如此，企业生产活动对自然环境的依赖并未减少。与此同时，过度的污染也给人类自身发展造成了巨大的负面影响。某些企业单纯地追求经济利益，只考虑如何从自然界中多摄取原料，如何多生产出可供人类使用的产品，最终返还给自然界的废弃物却很少得到有效的处理。环境质量急剧下降，生态系统受到严重危害，企业乃至人类的生存受到极大威胁。

（二）企业与自然资源的关系

不论是从事农业、工业还是从事第三产业的企业，都与自然资源发生着直接或间接的联系。企业从自然界中获取一定的资源，加工成产品后供人类消费和再生产，最终又以废弃物的形式返还给大自然。一旦企业的排放行为超过了自然界的承载限度，影响到自然资源的再生能力，自然界所能提供的资源就会日趋减少。

1. 自然资源对企业的作用

首先，自然资源是企业的生产原料。自然资源在企业中的利用可以划分为三个阶段，即投入阶段、加工阶段和废物处理阶段，而在每个阶段自然资源的使用都会产生一定的成本。例如，在投入阶段，自然资源作为原料投入生产要花费一定的原料购置费用；在生产阶段，加工自然资源又要花费加工费用；生产完成后剩余的废弃物必须处理，也要花费一定的费用。并且，在企业的生产过程中为完成同样的任务，往往对自然资源的选择有多种组合，每种选择在各个阶段的费用又有所不同。因此，为实现自然资源使用的经济效益性，企业必须比较多种自然资源组合在三个阶段所花费用的总和，选择其中费用最小的组合作为企业生产加工的对象，从而实现成本最低。

其次，自然资源是商品发挥效用的条件。企业生产的产品往往需要一定的自然资源配合才能实现其功能。例如，利用太阳能的产品在一年四季阳光充足的地域才有市场。在这种情况下，企业在产品的市场定位和设计、市场推广阶段必然要考虑到自然资源因素。在产品的市场定位和设计阶段，企业必须明确设计生产适用于某一种特定的自然资源的产品比设计生产适用于某一类自然资源的产品的成本要低得多，例如，适用于某种特殊气候的空调要比相同性能的适用于全天候的空调价格低很多。明确了这一点，企业在产品定位时，就必然利用自然资源因素为企业节约生产设计费用。在产品的市场推广阶段，由于产品只适用于某一种自然资源，在做产品推广时就不必全方位出击，只针对使用此种自然资源的用户展开攻势就可以了，产品推广费用必然会有所下降。①

2. 企业对自然资源的影响

对于企业，自然资源主要是作为生产资料即劳动对象而存在的。自然资源从可否耗竭的角度划分为非耗竭性自然资源和耗竭性自然资源。前者指不会因为人类的使用而减少、耗竭的自然资源，如太阳能、潮汐能等资源。但此类资源一般不能为企业所直接使用。后者指所有会因使用而减少的资源。此类资源按是否可再生又可分为可再生资源和不可再生资源。单个企业对资源使用的有限性决定了某种资源不会因为某个企业的使用而由可再生资源变为不可再生资源，但从整个企业界的角度来看，这种影响就大了。特别是可再生资源的使用，必须考虑所有企业共同使用某种资源时对其可再生性产生的影响。因此，所有企业过度开采、使用某种自然资源，不仅会使耗竭性资源加速枯竭，而且会使非耗竭性资源局部甚至全部转变为耗竭性资源。同时，企业不当使用某些自然资源，不仅会对自然资源造成极大浪费，使自然资源没有充分发挥其应有的最大效益，而且会对相关自然资源造成污染和破坏，使大量的自然资源根本不能发挥其自身效益。

二、企业在建设"两型社会"中的地位

"两型社会"要求全社会通过资源的高效和循环利用、合理配置和有效保护，使经济社会发展与资源环境承载能力相适应，塑造可持续发展和人与自然和谐的社会。企业既是社会财富的创造者，又是自然环境资源的利用者，在建设"两型社会"中处于举足轻重的地位。

（一）企业的经济地位

任何企业都是在一定的经济环境中从事活动的，经济环境的特点及其变化必然会影响企业的地位。在计划经济体制下，国家（政府）是资源配置的主体，计划在经济活动中发挥宏观和微观调节的双重功能，一切经济活动依靠政府计划指令来实现，企业是政府实现宏观经济目标的工具。在市场经济体制

---

① 席酉民：《企业外部环境分析》，高等教育出版社，2001年，第212～213页。

下,市场是所有经济活动的中心。市场机制在经济社会的资源配置中发挥着基础性作用,企业的生产经营需要从市场上获得投入,企业的经营成果也要在市场上体现。企业成为市场配置资源的微观主体,计划对资源配置起着宏观调节作用。建设"两型社会"是在市场经济条件下,引入国家干预和市场调节双重机制对生态环境和自然资源进行有效保护和充分利用,"看得见的手"和"看不见的手"交替使用,从而实现经济、社会、环境的可持续发展。在这个过程中,企业既是国家宏观调控的作用对象,也是市场微观调节的实施主体,必然担当起能源、资源产业市场化改革的重任。总之,企业在"两型社会"建设中处于微观经济主体的地位。

(二)企业的法律地位

在市场经济条件下,企业作为市场主体活跃于政府与市场之间。企业独立核算、自主经营、自负盈亏等经济特征决定了其在市场运行过程中的两面性。一面是在市场起主导作用的前提下,要鼓励、激发企业增强活力,充分发挥主观能动性,运用市场机制创造出更多、更好的物质财富贡献社会;另一面则是企业出于自身局部短期利益的考虑,利用市场机制的缺陷做出非理性的行为,如污染环境、浪费资源。企业的两面性特征要求国家和政府通过法治手段对企业行为加以规制,对其利好于社会的一面予以激励和褒奖,对其有害于社会的一面予以制约和惩罚。在大力推进"两型社会"前提下,这两个方面要求也尤为鲜明。一方面要鼓励企业生产出大量的清洁环保产品,另一方面要对企业的污染环境、破坏资源的行为予以制裁。如此便奠定了企业作为市场经济主体在法律上的地位,即企业既是政府实施对经济宏观调控法律、政策的承受者,当然包括引导企业实施清洁生产和发展循环经济,又是政府干涉和约束环境资源违法行为所规制的对象,包括对企业进行环境监督执法和对环境资源违法行为的查处。因此,在建设"两型社会"的进程中,企业始终处在政府调控和制约对象的法律地位,是政府市场管理的客体,是法律规范规制的对象。

(三)企业的科技地位

当今世界科学技术的发展日新月异。随着自动化技术、微电子技术、计算机信息技术层出不穷,他们在改变人类社会经济活动及其组织方式的同时,也带动了市场需求的不断变化,这对企业传统的生产和管理方式提出了新的挑战,也给企业提供了新的发展机遇,使技术创新成为企业提高市场竞争力的关键。建设"两型社会"必然要实施清洁生产和发展循环经济,以最小的自然资源投入得到最充分的产品产出,并使排放到环境中的废物最小化,以尽量减少和避免对环境的污染和破坏。企业作为社会主要的生产者和经济生活中重要的主体之一,必然从自身利益和社会长远利益出发，增加科技投入，积极开发应用新技术、新工艺、新设计、新能源、新材料，推行节能降耗、节能减排，不断提高劳动生产率和资源利用效率。可见，企业是建设"两型社会"的科技创新主力军。

三、企业在建设"两型社会"中的角色

环境友好、资源节约理念的本质就是要实现经济增长、社会发展和环境保护三者的协调统一，这就要求企业在建设"两型社会"中不仅仅扮演经济人、社会人的角色，还需扮演生态人的角色，使其成为循环经济发展、环境资源保护和绿色科技革命的支撑。[①]

（一）企业在社会经济活动中的角色分析

1. 生产者角色

企业是指在社会化大生产条件下，从事生产、流通、服务等经济活动，以产品或劳务满足社会需要，并以获取盈利为目的，依法设立，实行自主经营、自负盈亏的营利性经济组织。企业的基本职能就是从事生产、流通和服务等经济活动，向社会提供产品与服务，以满足社会需要。对于生产型企业来说，其基本职能就是通过工业性生产活动，即利用科学技术与设备，改变原材料的形状与性能，为社会生产其所需要的产品。按照马克思主义政治学观点，工业企业通过对原材料的生产加工使生产资料和劳动力相结合，其产品凝结了人类活劳动，实现了价值增值并满足了社会日益增长的物质需要，因此，工业企业是社会物质财富的主要提供者，其生产者的角色不言而喻。

2. 商品流通和服务者角色

工业企业的生产成果最终要通过消费者体现出来。马克思在《资本论》中说，在商品经济社会，商品从成品到卖出的一步是"惊人的一跃"。如果跃不出去，摔坏的不是商品而是生产者本身。这里的成品即是前文所说的企业生产的产品，而"惊人的一跃"则是指企业通过商业流通渠道把产品卖给消费者手中，从而使商品价值得以实现的关键环节。企业根据市场导向面向消费者从事相应流通和服务活动同样是企业追求价值增值的动力所趋。一方面，随着买方市场的逐渐形成，市场竞争的不断加剧，企业要在竞争中取胜，就必须强化自己的商品流通和服务功能；另一方面，下一环节的生产者或消费者面对日益丰富的商品不能作出完全理性的选择，这就需要商品流通和服务企业通过大量的促销活动，以人员

---

① 席酉民：《企业外部环境分析》，高等教育出版社，2001年，第213页。

推销、营业推广、广告宣传和公共关系等方式的有效组合，向消费者充分地传递信息，引起消费者购买自己产品的兴趣和欲望，从而获得消费者对自己产品的理解和认同。在这个过程中，企业的商品流通和服务者角色得以充分彰显。

3. 环境问题的肇事者角色

当前环境资源问题主要表现为环境污染、生态破坏以及资源浪费和破坏。然而，就这些问题产生的根源而论，绝大部分都与企业相关。以环境污染为例，按污染的主要来源，可分为工业污染源、农业污染源、交通运输污染源和生活污染源，除了生活污染源外，其他类型的污染都直接或间接来源于企业。这是由企业的生产者角色所决定的。企业要进行生产，必然以环境作为生产场所，要从环境中攫取作为生产资料的自然资源，必然会或多或少地向环境排放一定量的废弃物，必然要借助一定的环境销售产品以实现商品价值，这些行为都对环境资源造成一定的影响。当这种影响在一定时期内富集起来，企业的攫取行为超过了资源的再生周期，企业的排放行为超过了环境的承载能力，最终导致资源枯竭、环境污染、生态系统破坏，环境问题就产生了。因此，从这个意义上讲，企业就是环境问题的肇事者。

4. 环境资源保护者角色

虽然企业是环境污染问题产生的源头，是环境问题的主要制造者，但是其自身也受到环境问题的多重影响，如环境恶化使企业的生产成本增加，资源枯竭更是成为关系企业生死存亡的关键因素。从理性和长远观点来看，企业自身也存在保护和改善环境、节约利用资源的内在要求和现实期盼。治理环境问题，必须从源头抓起。实现企业和自然的和谐发展，企业需从自身做起，扮演环境资源保护者角色，开展节能降耗，实施清洁生产，有效控制本企业的污染源，推动全行业全社会发展循环经济，最终实现无污染生产。

5. 技术创新者角色

在社会经济的生产、分配、交换和消费四大环节中，无一例外地与企业直接或间接相联系。企业的生产和服务功能注定其处于社会经济活动的中心。企业的发展就意味着社会经济的发展。企业要谋求长远发展，在市场竞争中长期处于优势地位，就必须不断提高自己的生产力水平。邓小平指出，科技是第一生产力。纵观世界各经济发达国家的发展史，特别是第二次世界大战以后，现代经济的成长以及各种工业的发展越来越多地依靠技术的发展与进步。因此，企业的竞争在很大程度上就是科学技术上的竞争。当今企业所处的发展环境可以用两句话来概括：市场需求日趋多变，技术进步突飞猛进。企业的发展与技术进步有着千丝万缕的联系，技术创新是企业生产经营策略的重要方面。只有所有企业都加大科技投入，实现技术进步和技术创新，才能够提高整个社会的生产力水平，整个社会经济才能获得长足发展的动力。因此，企业是技术创新的重要基地，企业在整个社会经济系统中还扮演着技术创新者的角色。

（二）企业在建设"两型社会"中的角色定位

1. 企业是发展循环经济的中坚力量

发展循环经济是建设"两型社会"的重要途径。循环经济是一种运用生态学规律把经济活动组织成一个"资源—产品—再生资源"的反馈式流程，以资源的高效利用和循环利用为核心，以"减量化、再利用、资源化"为原则，以低消耗、低排放、高效率为基本特征，符合可持续发展理念的经济增长模式，是对"大量生产、大量消费、大量废弃"的传统增长模式的根本变革。① 在循环经济流程中，企业始终居于中心地位，只有企业遵守循环经济减量化、再利用、再循环三大原则，将物质循环与生态循环相结合，才能真正实现整个经济体系与环境资源的紧密结合，这样的经济模式才是真正的环境友好型、资源节约型的循环经济发展模式。发展循环经济要求企业具有环境成本意识，合理和持久利用经济循环中的所有物质和能源，有效节省生产成本并为社会创造出更多的物质财富。由此可见，建设"两型社会"，企业不仅仅是普通的参与者，而且是发展循环经济的中坚力量。

2. 企业是开展绿色营销的引导者

所谓绿色营销，是指企业以环境保护观念作为其经营哲学思想，以绿色文化为其价值观念，以消费者的绿色消费为中心和出发点，力求满足消费者绿色消费需求的营销策略。绿色营销是在绿色消费的驱动下产生的。绿色营销要求企业根据绿色市场需求和其他相关的环境和社会因素，制定并优化营销组合方案，它不仅要求企业对人、财、物、信息、形象等资源进行优化配置以产生经济效益，同时还要将生态效益和社会效益放到重要位置，使三者有效结合产生绿色效益。因此，绿色营销并不是完全在消费者的喜爱和偏好背后亦步亦趋，而应该在消费观念、消费方式、消费结构和消费对象等诸多方面走在消费者前面，引导消费者以理性的态度调整自己的消费偏好，使整个社会消费倾向于环境友好型、资源节约型的绿色消费。建设"两型社会"客观上要求企业在商品流通和消费领域内担负

---

① 王金震：《试论循环经济立法对于企业的规制与促进》，见：《2005 年全国环境资源法学研讨会论文集》，江西理工大学，2005 年，第 762～765 页。

起绿色营销的引导职责，建立绿色营销渠道，开展绿色促销活动，培养绿色消费意识，引导绿色消费行为，从而推动绿色消费市场的建立。

3. 企业是环境污染治理的直接责任人

企业的生产过程即是从环境中汲取能量、资源和信息，通过有目的的分配和消费，再输入环境中的过程。由于生产力的落后、发展经济的急功近利，企业往往为了获取高额利润而毫无节制地摄取各种自然资源，同时为了节约成本而将生产过程中产生的各种有毒有害的污染物肆无忌惮地向环境中排放，从而造成社会公害泛滥，空气、水质严重污染，公众的健康、安全面临威胁，给社会环境带来巨大损害。按照通行的环境责任原则，即"污染者付费、利用者补偿、开发者保护、破坏者恢复"，企业是环境污染的主要肇事者，对消除环境污染，保护环境资源肩负着不可推卸的责任。

4. 企业是环境资源保护的重要实施者

企业是环境污染的制造者，是自然资源的使用者，理所当然要承担环境资源保护的职责。建设"两型社会"，要求企业通过加强管理，减少"跑、冒、滴、漏"；通过变粗放经营为集约经营，实现内涵式扩大再生产，走专业化和社会化相结合的道路，提高资源利用效率。按照建立现代企业制度的要求，建立健全全面资源节约管理制度，强调系统节约，完善考核制度，坚持节约奖励，浪费惩罚的原则，在原料、生产、产品、消费、废弃物处置的各个环节实行严格的资源消耗和污染控制指标，形成资源节约的管理运行机制。[①]

5. 企业是绿色科技革命的主要推动者

建设"两型社会"，需要绿色科技作为技术支撑。与传统科技相比，绿色科技是以可持续发展为指导原则，立足于生态圈和技术圈的和谐，追求高效低耗和无污染，指向丰裕、清洁、可永续利用的资源范围和污染物无害化处理领域的科学技术，代表了未来技术发展的新方向。[②] 科技是推动生产力发展的重要因素。而企业为科技推动生产力发展提供了有力支撑。只有依靠企业，把绿色科技应用于生产，才能发挥其作用，绿色革命才可能成功。因此，企业应当加强企业与科研机构的联系，促进科研与企业生产的紧密结合，发挥绿色科技研究开发及其推广应用的主导作用，提高企业的技术创新能力，推动绿色科技及时高效地向生产力转化。

---

① 中国科学院可持续发展战略研究组：《2006 年中国可持续发展战略报告》，科学出版社，2006 年，第 191 页。

② 周京城：《建设环境友好型社会的几大关键环节》，《经纪人学报》，2006 年第 2 期。

第二节　企业的环境不友好、资源不节约行为及原因分析

一、企业的环境不友好、资源不节约行为表现

（一）企业的环境不友好行为表现

1. 企业行为导致环境污染

企业是环境污染问题的主要制造者。由于生产力的落后、发展经济的急功近利，企业在生产过程中几乎肆无忌惮地向环境排放各种有毒有害的污染物，毫无节制地摄取各种资源。由企业行为直接导致的环境污染问题有：第一，工业污染急剧扩散。在我国近几十年的工业化进程中，二氧化碳排放量为 1927 万吨，烟尘排放量为 1013 万吨，工业粉尘排放量为 941 万吨，废水排放总量为 439.5 亿吨，超过环境容量的 82%，导致我国七大江河水系劣类水质占 40.9%，75% 的湖泊出现不同程度的富营养化，3.6 亿农村人口喝不上符合卫生标准的水，工业污染不仅严重地破坏了环境，也严重地损害了人民的身体健康。第二，自然资源消耗严重。20 余年来，与工业相关的生产与消费活动，使石油消费量增长100%，天然气增长 92%，十种主要有色金属消费量总体增长 38%，其中，钢增长 143%，铜增长 189%，铝增长 38%，锌增长 311%，我国原有的矿产资源正在快速枯竭。伴着煤炭化石燃料能源消耗的增加产生的二氧化碳、二氧化硫、废水、废渣等污染物的增加，对环境造成严重影响，发达国家在上百年工业化过程中分阶段出现的环境问题，我国在 20 多年里集中出现。同时，工业用水与生活用水消费过度，使淡水资源迅速匮乏，饮用水源污染日趋恶化降低了水体的使用功能，进一步加剧了水资源短缺的矛盾。我国 600 多座城市中已有 400 多座供水不足，其中 100 多座严重缺水。第三，资源浪费和破坏严重。在自然资源开发过程中，资源高消耗现象十分严重，采富弃贫、破坏性开采屡禁不止，此外，我国第三产业，如房地产业、旅游业等发展过程中造成的不可再生的人文历史资源的破坏同样非常严重。这些非理性的高污染、高能耗、低效率的企业"发展"是我国生态安全和国计民生陷入严峻困境之中的重要原因。[①]

2. 企业环境治理有名无实

企业是环境污染问题的主要治理者。一方面，企业是国民经济的支柱，企业

---

① 郝少英：《浅议增强企业环境污染防治意识》，《2005 年全国环境资源法学研讨会论文集》，江西理工大学，2005 年，第 1236～1238 页。

的发展，不仅可以为解决环境问题提供雄厚的物质基础和污染防治资金，还可为环境保护提供现代科学技术手段。另一方面，各类企业环境管理体系和环境责任标准都离不开企业的参与和推动。然而，我国环境污染法律法规不健全，政府环境保护激励制度不完善等多种因素，使得许多企业存在宁可认罚也不治理的现象。2006 年，国家环保总局与广东省环保局组成的联合调查组通过对东莞福安纺织印染有限公司暗访发现，该公司私设了两条管道用来偷排。一条管径达 25 厘米的铁制暗管，直接将部分生产车间出来的印染废水排入厂外的总排污管。另一条是号称设计用于清污分流和雨水收集的明渠，也混杂着生产废水，没有经过处理就进入厂外总排污管。据调查，该公司污水处理能力仅有 2 万吨，而环保部门核实，该厂平均每天产生的废水量至少 4.7 万吨。该公司负责人交代，剩余的 2 万多吨废水都是偷排。从 2003 年以来，该厂未经环保部门批准擅自扩大生产规模，废水排放量大幅增加。为应付日常环保检查，该公司专门做了一本给环保部门看的用水量统计假账，假账上每天的用水量与实际用水量相差 2 万多吨。在排污申报上，该公司也存在谎报、瞒报行为。原本 1600 万吨/年的生产废水排放量，该公司仅向环保部门申报 670 万吨/年，瞒报近 1000 万吨/年。此外，调查还发现，该企业排污许可证已过期两年。[①] 福安印染公司只是全国众多规避环境污染治理的企业的典型而已，这也是我国环境污染问题急剧加重的重要原因。

（二）企业的资源不节约行为表现

1. 原材料利用效率低

由于生产工艺技术的落后，更由于没有认真执行统一规划、合理布局、综合勘探、综合开发和综合利用的方针，我国企业的原材料在运输、生产利用过程的损耗相当大。以矿产开采企业为例，在开采过程中存在采易弃难、采大弃小、采富弃贫、采主矿弃副矿尾矿的现象，采、选、冶炼技术落后导致综合利用差，回收利用率低，造成矿产资源的严重浪费和破坏。这导致我国矿产供需矛盾突出，主要矿产资源人均量不到世界的一半，一些大宗矿产如富铁矿、铜的储量相对不足，钾盐、金刚石、铂族金属、铬铁矿等一直严重短缺，铜矿长期需要进口。预计到 2010 年，中国 45 种主要矿产品种有 5 种主要依靠进口，15 种需部分依赖长期进口。[②] 原材料利用效率低，浪费严重，造成原料进口幅度加大，提高了生产成本，削弱了企业的国际竞争力，更在很大程度上增大了环境资源压力。

---

① 吴冰：《企业宁可认罚也不治污》，http：//www. china. org. cn/chinese/huanjing/1247485. htm，2006-06-19。

② 中国科学院可持续发展战略研究组：《2006 年中国可持续发展战略报告》，科学出版社，2006 年，第 39 页。

2. 能源消耗水平高

随着我国工业现代化进程的加快，企业粗放型经济发展模式加剧了经济发展同能源、环境之间的矛盾，能源生产与消费的缺口迅速拉大，供需矛盾日益突出。从 1992 年的 1914 万吨标准煤增长到 2002 年的 9000 万吨标准煤，生产消费差率分别为 1.8％和 6.5％。2002 年与 1992 年相比生产总量增长了 29.6％，消费总量增长了 35.6％。尽管从 1980 年到 1996 年的 16 年内我国的年节能率高达 5.16％，以世界上最高的年节能率水平维持了经济的高速增长，但与发达国家相比，我国能源利用效率仍然很低。目前我国能源利用效率只有 32％，比国际先进水平低 10％。我国每公斤标准能源产生的国内生产总值为 0.36 美元，而日本为 5.58 美元，法国为 3.24 美元，世界平均值为 1.86 美元，日本是中国的 15.5 倍，法国是中国的 9 倍，世界平均值是中国的 5.2 倍。因此，可以看到，我国能源利用效率与世界先进水平相比还存在着较大差距。[①]

3. 企业管理环节薄弱

企业有效管理也是实现资源节约的有效途径。但有些企业制定采购决策只考虑物件本身的费用，而非整体运营的成本，这种行为往往会导致巨大的浪费。比如，用粗线装备标准的新型办公照明电路，能够降低电阻，进而每年增加 193％的税后收益。然而，人们所采用的却往往是符合国家要求但价位较低的细线，这种细线只具备防火功能，不具备节电功能，无形之中增大了能耗，其结果得不偿失。有的企业为了追逐经济效益，无视机器设备的日常监控、维护，造成企业生产出现很多安全隐患。重庆开县的井喷事件和重庆天原化工厂氯气泄漏事故与其日常忽视设备的监控和维护不无关系。事故的发生造成了人员伤亡和财产损失，事故的处理耗费了大量的人力物力，这无疑是企业管理环节薄弱造成巨大资源浪费的表现。

4. 废旧产品的回收率低

我国现在对废旧产品大都是进行简单回收利用，而且利用率低。对不易回收利用的再生资源更是丢弃严重，即使回收也多为低级材料回收。以电子产品为例，截至 2004 年 9 月，我国移动电话用户达到 2.5 亿户，仅北京市的手机普及率就达到 81％，其中 60％以上的使用者更换过手机，大约 1 年更换 1 个，更有 52％的消费者更换过 3 个以上的手机。北京目前每年更换的手机不少于 70 万部，

---

① 胡颖铭：《我国能源安全保障的国内法律问题初探》，《2006 年全国环境资源法学研讨会论文集》，中国人民大学，2006 年，第 419～423 页。

平均每日更换 1850 部。然而在京城仅诺基亚一家手机生产商回收报废手机，其他手机生产企业没有一家承担回收责任。我国年近 7.8 亿吨的工业固体废料没有得到利用，不仅浪费了其中蕴涵的未被利用的资源价值 250 亿元。长期以来，我国电子废弃物的处理完全是个人在利益驱动下自发进行的，收购的电子废弃物有的直接销往落后地区，有的卖给旧家电经销商，由于处理方式落后，只能回收塑料、铁、铜、铝等易于回收的资源，而金、银、铂等一些宝贵的资源没有得到充分的"回炉"。另外，废弃产品所凸显的资源浪费问题还体现为大量废弃产品堆放占有土地会所导致的土地资源浪费。

5. 产品包装的浪费

随着中国包装工业的迅猛发展，包装废弃物成为浪费资源的又一表现形式。一方面表现为包装制品未回收。我国每年生产的包装制品有 70% 在使用后被丢弃，也造成巨大的资源浪费。据环卫部门的统计表明：在近 300 万吨垃圾中，各种商品的包装物约占 83 万吨，其中有 60 万吨为可减少的过度包装物。目前，我国商品的包装废弃物约占城市生活垃圾的 70% 以上。[①] 另一方面表现为产品过度包装。据中国包装联合会统计资料显示：2005 年，我国包装产品生产总值为 4100 亿元，其中占 30%、价值 1200 多亿元为过度包装。仅以全国每年生产 1000 万个纸月饼盒算，其包装耗材就需要砍伐上百万棵直径在 10 厘米以上的树木。过度包装使已经濒临枯竭的资源雪上加霜、更加匮乏。[②]

二、企业的环境不友好、资源不节约行为的原因分析

（一）经济原因

1. 粗放型经济增长方式的制约

我国从 20 世纪 50 年代开始的工业化进程，沿用的是苏联的发展模式，与西方国家曾经走过的"高投入、高消耗、高污染、低效益"道路并无二致，同样是不可持续的。20 世纪 80 年代以后虽摆脱了苏联的发展模式，但增长方式没有实质性的区别。由于资本的缺乏以及劳动力的过剩，我国采取了劳动密集型的发展方式，这样，迅速发展起来的只能是高度依赖资源、能源消耗和低水平重复的传统产业，而少污染或无污染的高新技术产业所占的比例很小。这样，一方面使资源和能源大量消耗，另一方面使环境污染十分严重。又因为这些传统的工业产业以低廉的劳动力投入作为利润基础，对所产生的环境污染的治理既缺乏技术条件

---

① 付妍：《"过度包装"的分析与解决》，《机电信息》，2004 年第 11 期。

② 汤云，朱云松：《商品过度包装的危害及对策分析》，《消费导刊》，2008 年第 1 期。

又缺乏资金条件，以至于连"先污染，后治理"都做不到，环境污染日益加剧也就在所难免。

2. 企业发展理念的误区

长期以来，企业界发展理念存在误区，认为环境资源保护与经济利益之间似乎是一对天然的矛盾，要保护环境资源，必将损害经济利益；要注重经济利益，又不得不以损害环境资源为代价，企业为了追求经济利益而选择损害环境资源便找到了似乎恰当的理由。从20世纪80年代开始，虽然国家制定了一系列保护环境资源的规定，但企业只看到污染治理活动所带来的费用增加会提高产品的价格，使其产品竞争力下降，面对诸多规定所做的不外乎是消极地服从、妨碍甚至是反对规定的执行，拒绝将环保问题纳入总体的经营战略之中。于是，环境污染、资源浪费之风日益盛行，使自然环境和资源遭受前所未有的破坏和损害。

3. 消费者的错误市场导向

随着市场竞争的日趋激烈，买方市场的形成，企业不得不注意消费者的需求和欲望，从以生产者为中心转移到以消费者为中心，把自己的经营策略直接对准消费者。然而，企业在改变经营对策、迎合消费者的需求的过程中，也会造成不必要的资源浪费和环境污染。以产品包装为例，随着人们生活水平的不断提高，人们开始注重甚至讲究起商品的包装。如一些人买酒是冲着精美的酒瓶，很多职业女性使用精美包装的美容化妆用品来体现身价，包装精良的保健品常被作为礼品赠送，更有人借月饼的精美包装形成的高昂价格来送出一份情谊。现代商品的包装功能已不仅仅是保护商品，而且是商品品牌的标志、商品价值的体现，甚至能给人艺术的享受等。企业为了抢占市场，利用精美包装的视觉冲击，吸引消费者的视线，诱发人们的购买欲望，市场上出现了大量的包装价值与内容物价值比例失调的商品，从而助长了产品的过度包装。因此，从某种意义上讲，消费者的错误消费导向加剧了环境污染和资源浪费。

（二）法律原因

1. 现行法律对企业的规制不健全

目前，我国已形成了以《宪法》为根本法，以《环境保护法》为基本法的环保法律体系，包括综合性环境保护基本法，各种专门性环境保护单行法规，环境质量标准和污染物排放标准，环境管理机构和机构组织法规以及处理环境纠纷的程序法规和地方环境法规等六个方面。这些法律法规都不同程度地对企业在环境保护和资源利用方面的责任进行了规制。然而，处理的严厉程度不够，罚款的额度偏低，尚不足以对企业产生警戒和约束作用。有的企业宁愿缴纳超标排污费和罚款，也不对污染排放物进行治理。同时，现行立法往往是通过环境管理机构和公众的外部监督来实现对企业造成环境污染的预防和治理，缺乏内部的调控机制，难以调动企业防治环境污染和节约利用资源的积极性和主动性。

2. 针对企业科技创新的立法支持不够

改革开放后，我国通过颁布和施行知识产权制度领域里的法律法规，基本上建立了适合我国国情的知识产权法律体系，对我国大力支持和鼓励企业技术创新，加强对企业自主知识产权的法律保护具有十分重要的意义。但是，推动企业科技创新是一项复杂的系统工程，不仅需要给予企业知识产权保护方面的法律支持，更要在企业科技投入、人才引进、政府角色、奖惩制度等方面给予立法支持。而在这几方面的立法较为原则，缺乏与之相配套的单行法和实施细则。同时，即便我国在知识产权保护方面的立法相对较为完备，但毕竟我国知识产权制度的起步较晚，在保护企业知识产权、鼓励企业科技创新方面与企业需求不相适应，如在企业创新知识产权保护战略方面，缺乏政府主导型的完善的知识产权保护机制，而且因为在知识产权行政管理职能发挥和相互配合上，政府作用发挥并不充分。[1]

（三）科技原因

1. 企业技术创新能力不足

我国大多数企业生产规模相对较小，资金实力与国外大公司相差很大，生产制造设备的能力相对较差，企业的技术改造投入相对不足，使企业的技术革新的能力受到了限制。加之，我国大多数企业都相对年轻，技术积累和技术储备相对不足，使得在新产品的开发过程中，所有的技术引用都是未成熟的新技术，这不仅加大了新产品的开发成本，而且延长了其开发周期，使企业在技术革新中处于不利地位。企业技术创新能力不足是困扰我国企业技术革新发展的主要障碍。

2. 企业技术革新存在误区

我国许多企业对技术革新缺乏全面、系统、科学的理解，使企业技术革新存在观念和实践上的误区。首先，有的企业不考虑自身的经济实力、技术基础、人力资源等实际情况和市场需求，盲目追求重大的技术突破，使企业承担了高额的技术成本；其次，有的企业只重视硬技术的创新，如生产制造设备、制造技术

---

[1] 吴鼎：《企业创新的知识产权战略研究》，《商场现代化》，2009年第1期。

等，而轻视软技术创新，如生产管理技术、质量控制技术等；再次，大多数企业忽视了新产品新技术具有不确定性和风险性的特征，片面地强调技术革新的作用，导致新产品的研制无法满足预期的技术状态、研制经费和研制周期要求，最终导致技术革新失去意义；最后，许多企业在新技术产品研发过程中，一味追求新技术产品的差异性，不重视与企业现有技术产品的相关性，成为制约我国企业技术革新发展的重要因素。企业在技术革新上存在的这些误区浪费掉了与产品相关的有利条件和资源，使企业在新技术产品的竞争中失去优势。①

3. 技术资源分配与企业技术需求脱节

我国技术资源总量有限且分布不合理。我国科技人才大多数集中在高等院校和科研机构，而不是企业。高等院校的科研成果虽然很多，但大多数成果与产品化和商品化的要求相差很大；科研机构，特别是我国各工业部门的研究所，虽然具有很强的技术开发实力，但市场观念较差，并不具有规范和规模的生产能力，产品开发成本过高，无法满足市场竞争的要求。与此同时，绝大多数企业无法独立完成大多数工程技术项目在技术难度、规模等方面的要求，并且也不具备独自承担开发风险的能力，这就导致我国企业技术革新长期处于缓慢前行的状态，企业环保型、节约型生产更是举步维艰。

第三节　建设"两型社会"中对企业的法律规制

一、建设"两型社会"中对企业进行法律规制的必要性和基本原则

（一）建设"两型社会"中对企业进行法律规制的必要性

按照经济发展的阶段学说，我国正处在工业化中期并同时具有后工业化阶段的某些特征，工业化的很多任务尚未完成。目前产业结构的基本特征是以机电装备工业和重工业化为主导，这些产业资源依赖性强、能源消耗大，所以，我们应该树立可持续发展的理念，通过建设环境友好型、资源节约型企业，才有可能走出靠对资源的高消耗、高污染换来经济高增长的经济运行模式，实现经济的健康发展。然而，目前企业对于如何创造性地解决环境问题还缺乏足够的思想认识和实践经验，还不能将实施清洁生产、发展循环经济等"两型社会"建设的措施内化为自身的自觉行动，因此，制定相关法律法规，以法律规制企业行为，保障环境友好型、资源节约型企业的建设是非常必要的。具体而言，这种必要性包括以下几个方面。

---

① 席酉民：《企业外部环境分析》，高等教育出版社，2001年，第144～147页。

1. 从源头改善环境质量的需要

企业是环境污染资源浪费的源头。企业为提高资源利用率进行环境污染治理，发展清洁生产工艺，开发研制绿色产品都需要大量的资金投入，而这些措施在短时间内很难看到成效，常常造成入不敷出的局面，这无疑会给企业发展造成阻碍。且就目前的技术条件来看，全面地降低改革成本需要相当长的时间。因此，要想企业自觉进行改革，走资源节约环境友好的道路还非常困难。运用法律的强制保障措施，提高了企业通过产品创新和工艺创新改善环境质量的可能性。

2. 引导企业合理发展的需要

在经济利益扩大化的今天，企业尚未看到环境保护与企业发展的联系，还尚未认识到资源节约与企业经济效益的正向关系。在企业能够自觉接受并对污染所导致的资源无效率更好地进行衡量之前，通过制定法律法规，针对企业管理水平、科技创新能力、税收优惠、财政支持等方面予以有效地法律支持，从而引导企业加强环保成本核算、提高绿色管理水平、增强科技创新能力、加大绿色产品的开发投入，促使企业朝着环境友好型、资源节约型方向发展。

3. 强化企业参与意识的需要

一方面，通过对新设立企业加强环境保护方面审查，对企业设立实行环保市场准入制度，给企业以外在压力，促使企业参与到环境保护资源节约行动中去；另一方面，通过推行环保认证制度、绿色产品奖惩制度和行业末位淘汰制度等，促使企业参加环保型节约型企业的角逐，强化企业参与意识，并不断扩大参与领域，最终实现全部产业参与环境友好、资源节约的行动中，有效地推动"两型社会"建设。

4. 强化企业社会责任的需要

企业作为一种经济实体，是通过利用环境、消耗自然资源、加工产品取得剩余价值，从而维持企业的生存及发展的。但是，企业毕竟是社会的经济实体，与社会其他主体和要素诸如内部员工、其他社会成员和经济体、行业组织乃至政府之间存在相互依存的关系，只有企业和这些主体和要素都得到发展和提高，企业才能取得真正的进步。因而企业在自身发展过程中不能仅仅着眼于其自身的经济效益，还应当关注经济效益以外的诸如员工社会保障、其他社会成员的社会经济利益、环境保护等多种因素，并履行相应的义务。通过立法建设环境友好型、资源节约型企业，就是要通过法律规制企业行为，以敦促企业全面承担环境保护、资源节约等社会责任。

（二）建设"两型社会"中对企业进行法律规制的基本原则

建设"两型社会"对企业进行法律规制的目的是为了推动企业经济效益和社会效益的协调发展，实现企业发展和环境保护的双赢局面。因而，针对建设环境友好型、资源节约型企业的法律法规的制定和完善必须遵循一定的原则，才能使所建立的法律制度服从和服务于环境友好、资源节约、经济效益和社会效益协调发展这一根本目的。

1. 适度从严原则

目前，我国企业尚不具备进行提高资源利用效率改革和保护环境、治理污染的自觉性，企业在生态环境、资源等方面的行为大多出于法律法规的规定而为。但法律法规的规定相对宽松，以致企业宁愿受罚也不治污的情况时有发生。有鉴于此，在进行环境友好、资源节约相关立法时，应当采取适度从严的原则，针对企业运行的各个环节设定严格的企业行为模式，加强对企业生产全过程的规制，督促企业走环境友好、资源节约的道路。

2. 强化责任原则

企业自身的局限导致其履行环境保护、资源节约义务始终处于被动接受状态，这就要求强化对企业履行相关义务的监督。在这一过程中，设定较为严格的环保义务及相应的违法责任尤为重要。然而，现行有关法律法规多以倡导性、鼓励性和原则性规定来设定企业义务，极不利于相关法律法规在企业层面的实施。因此，在进行环境保护立法时，要把中心放在为企业设定相对严格的责任体系，从而强化企业违反环境保护节约资源的责任，使其把这种责任内化为自觉行动。

3. 全面规制的原则

企业作为一种拟制的社会主体，与人一样无时无刻不同环境资源打交道，也无时无刻不影响着环境和自然资源。因此，必须对企业行为予以全面规制，才能有效地保护环境和自然资源。这既包括企业的设立、变更、终止，又包括企业原材料采购、生产、销售、废旧回收；既包括企业的生产经营行为，又包括企业的社会责任；既包括企业的国内采购、生产、销售行为，又包括企业的原材料、产成品的进出口行为，等等。

4. 企业参与原则

法律法规的制定者必须了解相关的产业经济学及其竞争驱动机制，同时企业进行经营决策也必须获取相关的法律法规信息。因而，在进行环境友好型、资源节约型企业法制建设时应当引入企业参与机制，允许不同类型、不同行业、不同规模、不同性质的企业参与到立法等过程中，以充分听取并吸收企业的不同意见和合理建议，找准当下企业进行"两型社会"建设的难点和关键点，进行有针对性的企业法制建设，才能制定出科学的、适用性强的环境友好型、资源节约型企业法律，这样的法律才能够让最广大的企业所接受并自觉实施。

二、建设"两型社会"中对企业进行法律规制的内容

建设"两型社会"需要对企业进行法律规制。这一点是毋庸置疑的。欲对企业进行法律规制，完善立法就成了必然选择。完善立法的重点是很好地修改现行的法律，而不是起草更多的新法。法律名称的创新和立法数量的增加不是法律完善的标志，相反，在没有很好的考虑法律协调性和可行性的情况下，立法越多，违法也就越多，法律的权威也就随之下降。建设"两型社会"，如果能够对现行法律进行系统的研究，科学的评估，仔细的修改，搞好法律生态化建设这一系统工程，对企业行为予以科学规制，必将对建设"两型社会"大有裨益。在修改现行法律的过程中，固然要以环境友好、资源节约和可持续发展的科学理念和正确原则为指导，也要以有利于"两型社会"建设和企业发展的制度建设为重点。

（一）完善企业内部环境管理制度

1. 建立企业环境会计制度

环境会计又可称为绿色会计或环保会计，是以可持续发展战略目标为指导，运用会计学的基本理论与方法，对企业和其他组织对环境产生影响的经济活动的过程及其结果进行连续、系统、分类与核算、监督。[①] 环境会计披露企业生产经营活动对环境的影响以及企业环境保护责任的履行情况，使企业清楚地认识到由于外部不经济而带来的损失与由于节约资源循环利用而带来的收益，促使企业为降低生产成本而控制社会环境资源的耗费，从而实现环境保护与经济效益的"双赢"。在我国会计法律规范体系中，《会计法》居于会计工作的基本法地位。但是，目前《会计法》缺乏对环境保护资源节约方面的考虑，没有将自然资源和环境状况纳入会计核算，没有对企业的环境活动和与环境有关的经济活动作出反应和控制。因此，应当对《会计法》相关法律条文加以完善，把环境会计制度的内容纳入《会计法》，以法律形式确定环境会计核算和监督在会计法中的地位和作

---

① 叶晓丹：《论循环经济下的企业环境责任》，《2005年全国环境资源法学研讨会论文集》，江西理工大学，2005年，第868~872页。

用，要求企业在会计计量中体现环境自然资本，将生态环境资源的存量消耗与折旧以及保护与损失费用纳入到经济绩效的定量考核之中，反映企业的真实经济绩效，以对企业经济行为实行有效的定量考核与监督，使环境会计有法可依。①

2. 建立企业环境审计制度

环境审计是指按照委托的审计事项取得审计依据，然后根据环境及审计的法律规范和标准进行审计评价的系统过程。② 环境审计和环境会计关系密不可分。环境审计制度以环境会计制度的建立为前提，通过审查企业的环境会计信息的真实性和有效性，监督企业的环境费用，有效保障环境会计制度的实施。为加强经营者内部监督的力量，可以在企业内部设立审计委员会。该委员会与监事会职能相似，但隶属于董事会而不是监事会，担负起沟通和监管两项主要职能，即由其负责与高管层和外部审计的沟通与协调，防止购买审计意见的现象发生；由其监管内部审计部门的工作、获取内控的充分信息不仅有助于其沟通职能的履行，还能帮助高管层营造"软环境"，成为内部控制设计和改进过程的顾问。③

3. 建立企业环境监事制度

现行的公司治理结构中，监事是专门为监督董事、经理的经营管理行为而设立的监督者，其监督行为的目的主要是着眼于维护股东和公司的经济利益，对经济利益以外的环境利益则无从涉及，因而现行的公司监事制度对于贯彻环境友好理念毫无益处，有必要在原有的监事制度的基础上创设全新的环境监事制度，借助监事的职能督促企业对环境友好、资源节约的关注。环境监事类似于公司的独立董事，是从公司的外部嵌入监督机构和人员来实现对企业履行环境资源方面的义务进行监督，只是这种监事的选任不同于独立董事的选任。鉴于传统监事与公司、公司董事会、监事会、股东等在公司具有同样经济利益，因而环境监事的选任必须排除在公司及股东利益相关者之外，独立并超脱于公司内部任何利益，唯一所代表的是公司以外的社会公共利益，唯此才能够达到监督公司履行相关义务的目的。因此，政府应当建立环境监事资格考核制度，并向企业公布合格者的名单，企业可以从该名单中进行选择。环境监事制度要求环境监事履行对企业决策的环境资源的影响评价、企业环境投入、环保设施运行、环境资源成本核算等方面的监督职能，企业要为环境监事履行职能提供一切可以提供的便利条件，政府

---

① 吴永立、李素英，王明吉：《论环境会计法规建设》，《中国乡镇企业会计》，2006 年第 4 期。

② 李敏，郭萍：《循环经济理念对建立我国企业环保制度的法律思考》，《2005 年全国环境资源法学研讨会论文集》，江西理工大学，2005 年，第 551～556 页。

③ 叶丰滢：《公司内部监督模式的国际比较和思考》，《中国审计》，2002 年，第 10 页。

有权敦促企业提供这种便利条件，环境监事的薪酬应当来自于企业之外的环保公益组织或政府财政。

4. 建立企业绿色营销制度

所谓绿色营销，概括而言，是指企业以环境保护观念作为其经营哲学思想，以绿色文化为其价值观念，以消费者的绿色消费为中心和出发点，力求满足消费者绿色消费需求的营销策略。具体而言，绿色营销是指社会和企业在充分意识到消费者日益提高的环保意识和由此产生的对清洁型无公害产品需要的基础上，发现、创造并选择市场机会，通过一系列理性化的营销手段来满足消费者以及社会生态环境发展的需要，实现可持续发展的过程。我国企业必须在确立绿色营销观念的基础上，在产品、包装、价格、分销、促销和销售服务等各个环节上始终贯彻绿色原则，并科学地予以综合运用。

（1）精心开发绿色产品。所谓绿色产品是指对社会、对环境改善有利的产品，或称无公害产品。绿色产品是绿色营销的基础和关键，绿色产品的开发是绿色营销的支撑点。在设计产品时，应以节省材料、减少污染为目标，最好选用无毒、无害容易分解处理的材料；着重使用无公害、养护型的新能源、新资源；采用新技术、新设备，节省能源及资源，综合利用废旧物资，提高资源利用率，杜绝浪费资源，减少对资源的耗用。

（2）合理制定绿色价格。绿色产品的价格制定要遵循"污染者付费"和"环境有偿使用"的原则，把企业用于环保方面的支出计入成本，形成绿色成本，成为绿色价格构成中的一部分。

（3）严格选择绿色渠道。绿色渠道是在分销渠道基础上形成的，是绿色产品从生产者转移到消费者所经过的通道。绿色渠道要求制造绿色商品的生产者、中间商或代理人具有很强的绿色观念，并促使最终消费者成为绿色消费者。要选择在消费者心目中具有良好绿色信誉的中间商，以便维护绿色产品的形象；以回归自然的装饰为标志来设立绿色产品专营机构或专柜，便于消费者识别和购买；合理设置供应配送中心和简化供应配送系统及环节；建立全面覆盖的销售网络，不断提高绿色产品的市场占有率；在选择经销商时注意该经销商所经营的非绿色商品与绿色商品的相互补充性和非排斥、非竞争性，谋求中间商对绿色产品的虔心推销。开展绿色产品直销活动，缩短渠道，减少污染。绿色营销渠道的畅通，是成功进行绿色营销的关键。

（4）大力开展绿色促销。绿色促销是通过绿色促销媒体，传递绿色信息，指导绿色消费，启发引导消费者的绿色需求，最终促成购买行为。绿色促销的核心是通过充分的信息传递，在谋求绿色产品与消费者绿色需求的协调中来树立企业和企业产品的绿色形象，实现绿色产品市场份额的不断拓展。要注重把产品、企业与环境保护有机联系起来进行促销。可通过举办绿色产品展销会、洽谈会等形式广泛宣传绿色产品的保护环境、造福人类的内涵以及所带来的生态环境效益等，激发消费者对绿色产品的消费欲望，向消费者传递这样的信息：使用绿色产品、支持绿色营销，本身就是对社会、对自然、对他人、对未来的奉献。要突出宣传风格上的绿色格调，以提高公众的绿色意识，引导公众的绿色需求。

（5）完善绿色销售服务。绿色销售服务贯穿于绿色营销全过程，是绿色商品市场交易的重要组成部分。绿色营销要求商家必须将绿色销售服务，尤其是绿色产品的售后服务作为一种竞争的本质因素高度重视。在绿色营销中，既要满足消费者的绿色消费需求，也要谋求能源和资源的节约，鼓励重复使用、回收利用和循环再生，减少污染和二次污染；既要注重激发全社会性的绿色消费欲望，更要注重建立良好的销售服务网络，负责绿色产品的销售服务、咨询、维修和回收。

（二）完善企业外部环境控制制度

1. 建立生产者责任延伸制度

生产者责任延伸制度（extended producer responsibility，EPR），又称扩大生产者责任制度，是指将产品生产者的责任延伸到其产品的整个生命周期，特别是产品消费后的回收处理和再生利用阶段，使生产者履行废弃产品的回收、处置等有关的法律义务，促进改善产品全部生命周期内的环境影响状况的一种环境保护制度。传统上，生产者对产品的责任被界定在产品的设计、制造、流通和使用阶段，而产品废弃后，则由地方政府对废弃物负责处理，生产者不再承担责任。而在生产者责任延伸制度下，传统的生产者责任扩展到产品的整个生命周期，将废弃物的处置责任从地方政府全部或部分地转移到生产者，生产者对其产品从摇篮到坟墓都将承担相应的责任。建立这种制度的理由是：生产者对于整个产品的生命周期的环境影响是最具有决定性的；生产者可以对产品进行绿色设计；生产者是再生材料最直接的用户。生产者责任延伸制度通过强调生产者的主导作用，激励它在产品设计时就将产品的环境影响考虑进去，以降低产品对环境的影响。生产者承担的延伸责任的内容主要有：①经济责任。生产者要承担产品的全部或部分回收处理成本，包括产品的回收、循环利用或最终处置的成本。②行为责任。生产者要采取行动，使产品在消费后易于以环境友好的方式进行回收和处理，并承担回收处理责任。③信息责任。生产者要向产品生产过程中其他相关主体提供必要的信息。

建立和实施生产者责任延伸制度，需要各相关方协同配合、共同合理地分担义务。制造商作为产品的生产者和主要受益者，对于整个产品生命周期的环境影响是最具有决定性的，应该承担主要的责任。在产品的设计制造过程中，制造商要把环境保护的因素考虑进去，要尽可能减少生产过程中污染物的排放，要考虑到如何有利于对产品废弃物的回收处置和再利用、再循环。在产品废弃后，制造商要回收、处置和再利用其产品废弃物，承担起经济责任和行为责任。销售商和进口商在产品的生命周期中获得了一定的收益，也要履行相应的义务，可以依法律规定或者协议约定负责回收产品废弃物。消费者要提高环境保护的意识，实行"绿色消费"，积极选购环境友好产品，支持承担环境保护责任的企业，并有义务将产品废弃物交售给回收处理机构，不能随意丢弃。

2. 建立企业环境信息披露制度

随着企业环境法律责任的加强，要求企业披露环境信息成了投资者、社会公众、政府、公司职员等的共同需要。环境信息披露制度，要求企业定期或不定期地公开与环境有关的信息，增强企业资源利用和污染防治方面的透明度，使政府和社会公众系统地了解企业的环境目标、指标以及实际的环境业绩，充分保障人民群众的知情权、参与权和监督权，最大限度地实现社会监督和公众参与，督促企业落实环境保护有关制度，推动生态建设和污染整治进程。通过建立环境信息披露制度，一方面给予企业环境保护的压力，使其将经济效益与环境保护相结合，有效抑制企业盲目追求经济效益而滥用资源、破坏环境行为的发生；另一方面可以满足消费者、投资者、管理者等利益关系人对环境信息的需求，增强企业竞争力。

3. 完善环境标志制度

环境标志是一种标在产品或包装上的标签，是产品的证明性商标。它表明该产品不仅质量合格，而且在生产、使用和处理、处置过程中，符合特定的环境保护要求，与同类产品相比，具有低毒少害、节约资源等综合环保优势。实施环境标志认证，实质上是对产品从设计、生产、使用到废气处理、处置整个生命周期的环境行为进行控制。[①] 它要求产品在其"一生"中，即"从摇篮到坟墓"的各个时期都无害于环境。通过多年的努力，我国环境标志市场含金量与日俱增。实践证明，实施环境标志能给企业带来经济利益。获得环境标志不仅有利于提高企业产品在国内外市场的知名度从而获得最大多数消费者的认可，更重要的是，可以通过这张"国际绿色通行证"，顺利打入国际市场，赢得无限商机，进而带来可观的商业利润。我国环境标志制度实施以来存在着诸多问题，可通过以下途径加以完善。

（1）加强环境标志的环境和技术标准体系的研究和制定。我国环境标志计划

---

① 左玉辉：《环境社会学》，高等教育出版社，2003年，第408页。

建立产品标准时只重视产品本身的环保性质或只考虑产品生命周期的某一阶段的环保要求，缺乏对产品生命周期评价的运用，使我国的环境标志标准处于一个较低的水平，与国际标准 ISO 14020 相去甚远，对我国出口贸易和环境标准的国际互认造成障碍。环境标志的核心是环境和技术标准，技术标准是检验产品是否符合标准和法规的依据。我们一方面要积极采用国际标准，参与世界经济全球化；另一方面也要积极制定自己的标准，特别是要尽快将我们自己的技术优势植入标准，以保护我们的民族工业。同时，要在一些有优势的技术领域，积极参与国际标准的制定。

（2）科学地制定认证程序，减少企业和产品获取环境标志的成本。对于包括中国在内的发展中国家而言，由于技术发展水平等原因，在短期内调整产品生产结构以降低成本将比较大。加之环境标志是以产品生命周期的每个过程来评价产品环境影响，程序繁琐。应在充分研究和分析的基础上，科学制定认证程序，尽量简化程序，合理制定价格，积极寻求降低成本的方法，增强企业或产品在价格方面的优势。

（3）加强宣传提高企业及公众对环境标志的认识。环境标志本身是一项自愿性计划，中国生态标签产品认证在现阶段只能建立在企业自愿申请的基础上；同时，中国生态标签计划实施较晚，从目前情况看，标志产品在消费者心目中还远没有达到足够高的地位，企业对标志产品的认识没有达到相当的高度，因此，需要通过各种方式及途径加大宣传力度，使生态标签的概念和意识在公众中得到普及和认可。

（4）实行"自愿和强制相结合"的原则。对环境影响不大或没有影响、绿色成分较高的产品采取自愿认证原则，而对于那些对环境影响严重、绿色成分较低的产品采取强制认证的原则，迫使企业注重其产品对环境的影响，督促企业自觉增强环保意识，强化对产品生命周期的环境影响监督。

（三）完善企业科技进步和自主知识产权制度

1. 完善企业科技进步立法

完善与我国现行《科技进步法》相适应的配套法规制度，以弥补现行《科技进步法》的原则性较强的不足。要从企业科技投入、人才引进、政府角色、奖惩制度等方面制定具体的实施细则，以鼓励企业针对清洁生产工艺、环保产品开发、环境友好资源节约管理、废旧资源回收再利用等方面组织科研投入、引进人才，增强企业环保科技创新能力。同时，要针对我国科研机构与企业脱节的现象，加强企业与科研机构合作，建立企业与科研机构在科技创新上的资金、设备和人才的共享机制，促进企业科研机构创新能力的提高。

2. 完善知识产权法律制度

完善知识产权法律制度对于企业环保技术的意义在于，通过完善侵权责任制度和知识产权管理制度，严格保护环保科技创新者的知识产权利益，达到保护和增强环保科技开发和创新者的积极性的目的，同时弘扬技术创新精神，带动全社会参与环保技术创新。

一是要确定合理的侵权责任原则。要从严格保护自主创新主体的利益出发，把我国知识产权法领域的侵权归责原则确定为过错责任原则为主、无过错责任原则为辅，在实践中，对具体的情况进行定性并作出相应处罚。如果侵权人存在主观过错，则按照相应的规范承担法律责任；如果侵权人不存在主观过错，则以责令返还所得利润和支付预先确定的损害赔偿费的方式来让侵权人承担法律责任。

二是完善定额赔偿制度。从知识产权司法实践的要求出发，需要在知识产权侵权损害赔偿中完善定金赔偿制度，从而更好地保护自主创新权利人的利益和自主创新成果。规定权利人在法庭辩论终结前，可以随时提出定额赔偿的请求，或者同时提出要求加害人赔偿权利人损失和定额赔偿金。如果权利人提出的赔偿实际损失的证据没有被法院采纳，就认定权利人默认适用定额赔偿金。否则，实际上是放纵了侵权人，助长了侵权人的侵权气焰。①

三是建立倾向于中小型企业的知识产权保护体系。由于人力、财力的限制，目前我国知识产权保护体系仍然以大型企业为重点，中小型企业建立自己的知识产权保护体系仍然很困难，而且把大量的资金投入到知识产权保护也不经济，因而在知识产权保护体系中处于被动地位。应当建立政府主导的、统一的知识产权保护体系，并适当向中小企业倾斜，如简化申请手续，减免费用，提供信息服务，成立行业性、地区性知识产权保护组织，协助中小企业进行知识产权保护等。②

---

① 许海峰：《涉外知识产权保护法律实务》，机械工业出版社，2004年，第236页。
② 吴鼎：《企业创新的知识产权战略研究》，《商场现代化》，2009年第1期。

第七章 其他社会组织与建设"两型社会"

第一节 其他社会组织参与建设"两型社会"概述

一、其他社会组织的范围界定

在组织社会学中，将人们为实现特定目标而建立的共同活动的群体，称为社会组织，又称次级社会群体。人类社会进入工业社会以后，社会生产力飞速发展，社会分工越来越细，社会生活和社会关系越来越复杂，初级社会群体（如家庭、邻居、村落等）在很多方面已无法适应社会发展和社会活动的需要。因此，完成特定目标和承担特定功能的社会组织的大发展就成为近代社会发展的必然趋势。如今，社会组织的范围十分广泛，涵盖经济、政治、文化、艺术等诸多领域，人们往往会依据不同的标准对社会组织进行不同的划分。

社会组织进入法学领域是在罗马法时期，当时的法人制度即是较早规范社会组织的法律规范。我国的法学界通常将民事主体分为自然人、法人、非法人团体和国家四类，其中又将法人分为企业法人和非企业法人两种，非企业法人的外延又涵盖了国家机关、事业单位、基层自治组织和社会团体。因此，按照组织学的观点，其中法人、非法人团体和国家机关是为实现特定目标而建立的社会组织。鉴于前文已分别对国家机关和企业两类主要社会组织与"两型社会"的关系进行了探讨。因此，本章所指的其他社会组织的范围涵盖事业单位、基层自治组织和社会团体。

二、其他社会组织参与建设"两型社会"的必要性

我国是工业化的后起国家，在很短的时间内，走过了资本主义国家数百年的历程，环境与资源问题也集中爆发于这一时期。环境污染严重，资源浪费巨大，是我国当前环境与资源问题的主要特点。随着经济快速增长，环境资源问题会越来越突出，生态建设和环境保护的形势日益严峻。建设"两型社会"正是为解决环境资源问题、全面建设小康社会而作出的重大战略部署。实现这一目标，需要社会各种力量的共同参与。在出现市场和政府失灵的情况下，其他社会组织参与建设"两型社会"就更加具有必要性。

（一）市场失灵

市场经济条件下，市场是资源配置的基础力量。市场是通过价值规律和竞争

机制作用于市场主体，从而实现对资源的配置。然而市场主体作为一种 "经济人"，其行为使得市场配置资源并非总是有效的和最优化的，相反，在很多场合下是不适当的。因为市场不能解决外部性问题，更不能解决个人自由与社会公平问题。环境与资源领域的市场失灵是指市场在保护环境与资源上的低效或无效。环境与资源领域的市场失灵，会造成市场对资源配置的低效率，并造成资源的极大浪费，资源浪费过程时常伴随环境污染。

环境资源领域的市场失灵，在工业化初期表现得最为突出。作为市场主体的 "经济人"，在逐利的过程中只会关注成本最小化，最大限度降低环境成本。他不会主动增加保护环境与资源的成本，反而会不断地增大对环境与资源的利用。因为环境与资源的危害总是被一定区域的所有成员分担，所以，对环境与资源的超额利用，是纯获利的。这就是市场失灵引起的外部性和社会公平问题。这样的发展，必然造成 "公地的悲剧"[①]，并最终造成严重的环境与资源问题。环境资源的市场失灵与市场的不完全有关系[②]，环境资源市场的不完全主要表现在：我国《宪法》第九条明确规定：矿藏、水流、森林、山岭、草原、荒地、滩涂等自然资源，都属于国家所有，即全民所有；由法律规定属于集体所有的森林和山岭、草原、荒地、滩涂除外。由于所有权、管理权、监督权和使用权分离，所有者要实现全部权利的代价太高，这项财产当然不易进入市场。这直接导致了以下结果：①环境资源没有价格或价格偏离价值；②使用环境资源引起的成本和效益没有归于产权所有者，从而导致环境污染与资源浪费问题。

可见，由于市场失灵的存在，市场经济主体的逐利本性不利于环境资源问题的解决，单纯依靠市场经济主体建设 "两型社会" 是难以实现预期目标的。

（二）政府失灵

环境污染与资源浪费问题，是综合性的社会问题。医治社会问题，不但需要市场自身的力量，也需要政府干预。在环境资源领域，我国政府干预的目的主要是缓和经济发展和环境资源保护之间的矛盾，实现环境与资源利益公平分享，把环境污染与资源浪费控制在环境资源承载能力之内。对于环境市场的完善的介入和管理，就目前来说，世界上还没有哪个政府是完美无缺的[③]，政府的环境保护部门不可能包办环保工作的方方面面。政府环境管理的失灵主要体现在以下几个方面。

（1）政府环境市场监管的手段不完善或缺失。例如，政府对资源定价过低

---

① 指加勒特·哈丁的著名的 "公地的悲剧" 论。

② 姚志勇：《环境经济学》，中国发展出版社，2002 年，第 17 页。

③ ［美］汤姆·泰坦伯格：《环境与自然资源经济学》，严旭阳译，经济科学出版社，2003 年，第 77 页。

时，会激励粗放型生产模式继续存在甚至发展，而不当的监管手段也不能对监管对象达到激励或惩罚的目的。

（2）监管措施执行不力。由于地方保护主义和条块分割等因素的存在，环境监管者经常处于一个尴尬的境遇，当监管者行使职责与地方政府和部门的利益相冲突时，监管者极有可能受到来自地方政府和部门的压力和干扰，从而无法正常行使自己的权利。

（3）监管规避。为了追求经济利益，被监管者可能会利用权力寻租、欺骗等手段千方百计逃避监管或惩罚，而监管者可能并不知情。

（4）环保机构建设不健全。由于环境问题的普遍性，环境保护部门进行环境管理时，因为人员和资金的不足，往往是力不从心。

随着我国改革的深入，市场经济体制的不断完善，政府职能的转变和"小政府、大社会"目标模式的的确立，环境保护非政府组织也纷纷兴起，成为环境保护的一支新兴而重要的力量，也有力地弥补了政府作用的空白区域。

三、其他社会组织参与建设"两型社会"的可能性

其他社会组织参与建设"两型社会"的可能性主要是由其他社会组织在建设"两型社会"过程中所发挥的作用决定的。

（一）疏导与整合民间环保力量

过度的资源开发利用，忽视了生态环境问题，造成了我国严重的环境退化和环境破坏，主要表现在水土流失、土地沙漠化、森林减少、草原退化、空气污染、水质污染、生物多样性受到威胁等方面。严重的生态环境问题极大地影响了社会经济的发展和人们的日常生活。环境保护事业涉及千家万户，没有民众的支持与参与，国家的环境管理将是管不胜管，防不胜防，因此，广大群众的支持和参与是推动环保事业最强大的力量。公众享有在良好、舒适环境下生活的权利，即公众环境权，是公众实施环保监督的根本依据。公众通过获取本国乃至世界的环境状况，国家的环境法律法规，国家的环境管理状况以及自身的环境状况等有关信息，参与国家环境管理，在环境受到或可能受到污染和破坏的情形下，为维护环境公共利益不受损害，针对有关民事主体或行政机关而向法院提起诉讼，从而有效实施对政府和企业环境行为的民主监督。我国也非常重视公众在组织参与环境保护活动中的作用，《中华人民共和国环境保护法》第 6 条规定："一切单位和个人都有保护环境的义务，并有权对污染和破坏环境的单位和个人进行检举和控告"。目前，我国的民间环保力量主要有三种形式：自发的有时是混乱的无组织形式、政府的非政府组织和脱离政府的非政

组织。① 将这些社会力量聚合起来，并加以适当引导，有利于民间环保力量形成合力，有力地推动环境资源保护事业的发展，在建设"两型社会"的过程中发挥重要的积极作用。

（二）弥补市场失灵和政府失灵

在市场经济体制下，经济的自由发展不会天然地保护环境与资源，不会天然地维护和增进社会公共利益，更不会天然地实现公平。企业为了竞争和生存而不顾一切，这造成了当前的环境与资源的巨大压力。环境污染与资源浪费问题，是综合性的社会问题。政府在治理环境污染和资源浪费问题时，政府的诸多局限导致政府治理环境行为并不完全有效，甚至政府行为本身就会产生环境和资源问题，如所谓的"形象工程"、"政绩工程"。这就决定了单靠市场或政府是不能彻底解决当前的环境污染、资源浪费等环境问题的。

其他社会组织整体上处于市场利益格局之外，同时也没有所谓政绩、形象工程压力，所关注的是纯粹的环境资源问题，因而在面对环境污染、资源浪费行为时总会以一种超然的态度参与到环境保护与资源节约的宣传、监督甚至政策制定中去，通过将环境热点问题、环境污染事故、污染责任人以及政府的环境行为及时向公众公布；组织环保社会调查和其他学术活动，就环境资源产权和价格体系的完全市场化提出自己的建议和意见，从而达到对政府的监督和对企业环保行为的社会监督，有利于减弱政府失灵和市场失灵，推动社会朝环境友好、资源节约的方向发展。

第二节 教育机构与建设"两型社会"

一、环境教育的兴起与使命

长期以来，人类一直将环境视为被征服的对象，这导致人类对自然资源的不合理利用和对生态环境的破坏不断加剧，一些地区性、全球性环境问题逐步出现。进入 20 世纪，全球在经济迅速发展的同时，伴随着环境的进一步恶化，震惊世界的环境公害事件接连发生。面对日益恶化的环境事实，现代人逐渐明白：环境与人类存在着休戚与共的关系。为了人类的生存与发展，保护环境成为人类的共识与时代的强音。在此背景下，一些有识之士认识到，要更有效地保护环境，必须诉诸某种形式唤醒民众的环境意识和环保观念——环境教育应运而生。1972 年瑞典斯德哥尔摩"人类环境会议"上通过的《人类环境宣言》中确定了

---

① 叶林顺：《环保非政府组织的作用和定位》，《环境科学与技术》，2006 年第 1 期。

"环境教育"的名称，并指出"环境教育应对所有年龄的人实施，在各级正式及非正式教育中进行"；1975 年 UNEP 和 UNESCO 共同主持"国际环境教育研讨会"（又称贝尔格莱德会议），发表了《贝尔格莱德——环境教育的全球框架》；1977 年在第比利斯召开"政府间环境教育大会"，宣布"人人享有环境教育的权利"；1992 年"联合国环境与发展大会"在里约热内卢通过《21 世纪议程》，其中也包括了面向 21 世纪开展丰富多彩的环境教育活动。这一系列的事件使环境教育越来越得到重视，各国都强调环境教育是实现可持续发展的重要环节。

"环境保护，教育为本"。环境教育是人们为了解和认识人类文化与环境的相互关系而必须接受的技能和认识方面的教育。环境教育是一个认识环境价值和澄清人类与环境关系概念的过程，它必须贯穿于人们制定环境政策和形成环境行为准则的过程之中。在加强环境教育的过程中，教育机构扮演着至关重要的角色。例如，早在 1970 年，美国就通过了《环境教育法》，根据该法的第一款，美国联邦政府设立了环境教育事务局，负责为高等院校、地方教育机构以及其他公立或私立教育机构提供资助，支持他们开展环境教育工作。这样，环境教育在美国很快得到了蓬勃发展。与此同时，在全球的其他许多国家和地区也逐步开展起来。我国的教育机构也积极投身于如火如荼的环境教育事业中。从 1973 年第一次环境保护全国会议以来，我国环境教育事业从无到有，从小到大，已经初步形成了一个多层次、多形式、专业齐全并具有中国特色的环境教育体系，环境教育已纳入国家教育计划的轨道，成为教育计划的一个不可或缺的部分。[①] 环境教育已经贯穿了包括基础教育、高等教育、职业教育和继续教育在内的整个教育领域。"两型社会"的建设需要全体社会成员的共同努力，因而要提高全民的社会环境意识，使科学发展观变成全国人民共同遵守的行为准则，就必须广泛开展全民环境教育。在建设"两型社会"的进程中，为了更深入地推进环境教育，教育机构需要承担更大的责任与义务。

二、教育机构在建设"两型社会"中的特殊作用

（一）培养环境保护专门人才

建设"两型社会"的一项复杂、长期而艰巨的任务就是要培养大批高素质的环保专业人才。这些人员可以充实环保领域的技术队伍，作为环保事业的中坚力量，他们对环境法律、法规、管理政策、制度和各项环境标准的制定与完善，防治污染新技术和设备的研究、开发和应用发挥着十分重要的作用。在社会公众环境意识相对薄弱，环境知识相对贫乏的情况下，专业人士在环境保护中的作用就

---

① 王伟强：《环境教育——21 世纪中国持续发展的重要议程》，《科学管理研究》，1994 年第 10 期。

显得尤为关键。环保专业人才的培养主要依靠两个途径。

1. 环境专业教育

环境专业教育主要是通过高等院校进行。高等院校是培养高素质环保专业人才的主要基地。我国已经有近 80 所高校设立了环境保护相关专业，兴办了 40 余所环境保护相关的中等专业技术学校，每年可向社会输送环境保护相关专业博士、硕士、本科、大专和中专毕业生 8000 余人。[①]

2. 在职人员继续教育

在职人员的继续教育主要是针对环境保护在岗人员进行专业知识和技能的培训与更新。目前，我国的环保队伍中有相当一部分人是非专业人员，不能适应环保执法的专业化需要。特别是近年来我国的环境保护事业逐步得到真正地重视，环保队伍的专业知识和技能更是亟待提高。另外，随着环保事业的深入发展，也要求环保队伍的知识需要不断更新。因此，对在职环保人员的继续教育刻不容缓。

（二）创新绿色科技

"两型社会"的主要内容包括：有利于环境的生产和消费方式，无污染或低污染的绿色技术、工艺和产品，对环境和人体健康无不利影响的各种开发建设活动，符合生态条件的生产力布局，少污染与低损耗的产业结构，持续发展的绿色产业，人人关爱环境的社会风尚和文化氛围。与传统科技相比，绿色科技是以可持续发展作为指导原则，立足于生态圈和技术圈的和谐，追求高效低耗和无污染，指向丰裕、清洁、可永续利用的资源范围和污染物无害化处理领域的科学技术，代表了未来技术发展的新方向。创新环境友好型、资源节约型技术，开发环境友好型、资源节约型产品，是建设"两型社会"的核心内容。高校作为最重要的科研基地，通过与其他社会资源的整合，立足于人与自然的和谐，发展和应用环境友好的绿色科学技术，对建立资源消耗少、资源和能源利用效率高、废弃物排放少的生产体系，在生态环境可自我更新的范围之内控制对自然的开发和利用，以更好地推动"两型社会"的建设。

首先，绿色科技破除了以个人私利为基点的局限，追求人与自然的和谐相处与平衡发展，使技术发展摆脱单纯以个人目的、个人利益为标尺的束缚，把生态圈和技术圈的和谐发展作为经济与社会发展的最终目标和衡量技术合理与

---

① 国家环境保护总局宣传教育司：《中国高等学校环境教育的实践与探索》，中国环境科学出版社，1998 年，第 189 页。

否的标尺。

其次,绿色科技能够对传统技术和产品实现生态化改造,在产品设计阶段逐步开发、应用和推广新技术、新材料、新设计,降低生产领域的环境影响;在行业层次上,重点推进环境友好型共性技术的研发与应用,把上游的废料作为下游的原料,并不断延长生产链条,建设生态工业园;在区域层次上,重点推进环境友好型关键技术之间的链接,实施环境友好型技术集成与示范,通过生态产业和环境基础设施链条把工业和农业、城市和农村、生产和消费有机结合起来,从而实现产品清洁生产、资源循环利用、废物高效回收,实现经济效益与环境效益的有机结合,提高经济运行质量。

再次,绿色科技转化为产业有利于促进我国新型工业化的进程与经济跨越式的发展。当今,重大绿色科技成果转化为产业,建设规模化、集成化的高科技环保产业,已经是推动经济发展的手段之一,环保产业已经成为新的经济增长点。

（三）普及环保知识,培养环境友好、资源节约观念

普及环保知识、培养环保观念是建设"两型社会"中环境教育的基础环节,同时也是最重要的环节。社会上多数环境不友好、资源不节约行为都是在错误的环境观念下实施的。良好的环境资源观对抑制和杜绝环境污染、资源浪费行为具有重要的指导意义,它能够使社会主体把环境友好、资源节约外化为自觉的行动。但如何将环境资源保护内化为人们的一种意识和观念,则需要进行有效的环境教育。在"两型社会"建设中,提供有关环境友好和资源节约的观念以及知识的教育是各类教育机构理所应当担负的一项责任。

三、我国环境教育的现状

（一）环境教育规模偏小

目前,我国在环境基本法、专门性法律、行政法规、政府规划和行动计划等层次,都有关于环境宣传、教育和培训的规定。如 1989 年《环境保护法》第 5条规定:"国家鼓励环境保护科学教育事业的发展,加强环境保护科学技术的研究和开发,提高环境保护科学技术水平,普及环境保护的科学知识。"《全国环境宣传教育行动纲要（1996—2010）》对环境教育、环境宣传、环境宣传教育的能力建设、对外宣传等方面也作了一些规定。然而,这些纲领性条文缺乏可操作性。实践中,教育基础较为薄弱,教育形式和教育手段匮乏,环境知识传播渠道不畅,舆论氛围不浓。根据国家自然科学基金重大项目"学科发展战略"的研究表明,环境科学的发展速度不容乐观,这与环境恶化趋势日益加速的现状形成了

鲜明的对比。① 同时，我国环境教育在地区布局上也不平衡，经济发达地区院校较多，专业设置也相对齐全；而在经济欠发达地区，则院校少，专业少。若不尽快改变这种状况，势必影响到经济社会的全面、协调与可持续发展，不利于"两型社会"的建设。

（二）环境教育结构不合理

自 1973 年第一次全国环境保护会议以来，我国环境教育经过艰难起步到加速发展，至今已经形成了一个横向多学科、纵向多层次的相对完备的环境教育体系，但在体系结构上却不尽合理，这主要体现在以下两个方面：

1. 教育层次的不合理

合理的环境教育层次应该呈金字塔状，以基础教育为塔基，以专业教育为塔尖。基础环境教育的主要任务是提高大众的环境意识，专业环境教育的任务则是培养环境专业人才。但是，近年来我国的专业环境教育发展迅速，基础环境教育的发展却不容乐观，导致我国的环境教育层次呈明显的倒金字塔状。环境教育的主要推动力来自政府，而非市场需求或技术发展。我国正处于市场经济的发展阶段，"丛林法则"在社会竞争中已为社会所广泛接受和应用。但是，由于忽略了"丛林法则"的负面作用，使得社会主体为了竞争而不顾一切，这造成了我国当前的环境与资源的巨大压力。"丛林法则"的缺陷表明，必须通过一定力量的介入以克服"丛林法则"不顾社会公共利益的缺陷。但是，由于环境问题演变过程的隐蔽性、渐进性和积累性，后果的间接性和难以预见性，环境问题不易引起决策者和社会公众的警觉。

2. 学科结构不合理

环境教育的结构，应该是社会科学与自然科学并重。其中，自然科学提供物质基础和实证资料，社会科学提供发展方向和精神动力，两者相辅相成，共同发展。现实的情况却是相反。在基础教育领域，环境教育主要渗透在化学、生物和地理等学科中，在人文学科中较少得到开展；在专业教育领域，自然科学类环境专业占主导地位，社会科学类环境专业较少；在学科分类教育体制下，环境科学的跨学科性得不到足够的重视。环境管理很少涉及环境科技的内容，环境科技教育也几乎不涉及环境管理的内容，更不用说将环境意识和环境文化渗透到各门课程中去。环境问题总是在法律、法规或其他外部压力下在事后才予以考虑。

---

① 王伟强等：《环境教育——21 世纪中国持续发展的重要议程》，《科学管理研究》，1994 年第 10 期。

四、建设"两型社会"的环境教育法制保障

(一) 完善环境教育法律制度

建设"两型社会"需要整个法律体系协调一致共同发挥作用。然而从我国目前的环境法体系来看，我国的环境教育立法仅有一些纲领性条文，如 1989 年《环境保护法》第 5 条规定："国家鼓励环境保护科学教育事业的发展，加强环境保护科学技术的研究和开发，提高环境保护科学技术水平，普及环境保护的科学知识。"这些法律规定缺乏可操作性，直接导致我国环境教育的领导体制不明确和组织机构的不完备；同时在一些重要的环境保护单行法律法规中缺乏相应的规定，如在《水污染防治法》、《大气污染防治法》中就没有关于环境教育的规定。因此，应当把环境教育相关内容写入环境保护单行立法中，使之与环境保护基本法之间形成有机统一的整体。同时，结合我国国情制定《环境教育法》，以法律形式对环境教育加以肯定和规范，具有现实的创新意义。《环境教育法》的具体内容应该包括：①完备环境教育领导和组织机构的设置（如在教育部设立环境教育司）。②明确环境教育资金的来源和使用方式，给予环境教育充分的财政支持。③制定我国环境教育的发展战略规划。

(二) 建立系统的环境基础教育体制

1. 建立环境教育师资队伍培训机制

当前环境教育的薄弱环节在于环境基础教育，而师资力量又是环境基础教育阶段的薄弱环节。"欲达人者先达己"。因此，要通过立法确定加强基础环境教育，就必须把基础教育阶段的师资队伍建设纳入法制化轨道。应特别重视对指导老师的培训，主要从以下几个方面来实现：一是在普通高校中招聘环境保护方面的毕业生投入到环境教育，充实环境教育师资力量；二是在全国的高等院校，尤其是师范类院校，把环境教育课设为公共必修课，做好中小学环境教育后备师资的培养；三是在职培训是从现有教师中挑选人员进行专门培训，帮助他们获得环境教育所需的知识、方法和能力。同时要求基础教育阶段各教育机构中从事环境教育的专职教师应当占一定比例，能够胜任本校环境教育任务。

2. 保障对基础教育阶段环境教育的投入

再好的环境教育师资，如果没有相应的教学经费和教学时间，则会影响教师参与环境教育的积极性，更影响环境教育的实效性。应当通过立法保障对环境教育的投入，包括时间投入和教学经费的投入。要把环境保护相关课程作为基础教育阶段学生的必修课程，保证学生相应的学习时间投入；同时要重视对环境教育

教学的经费投入。一方面购置为适应环境教育所需的教学设备，同时保障环境教学实践足够的经费；另一方面提高环境教育师资的待遇，激发现有师资投入环境教育的积极性。

3. 强化环境基础教育的考核制度

由于长期受片面追求升学率思想倾向的影响，我国基础教育往往重视升学考试必考科目的考核，而对与考试不相关的素质教育、环境教育则往往流于形式。必须建立环境基础教育考核机制，主要包括如下几个方面：一是把环境教育作为学校目标考核的重要内容，凡环境教育不达标者将一票否决，以督促学校重视环境基础教育；二是把环境教育作为地方政府和教育主管部门政绩考核的重要指标，凡环境教育不达标者，领导不得提拔任用；三是把环境保护知识纳入学生考试范围，必要时可作为升学考试内容的一部分，以发挥升学考试的指挥棒作用，引导全社会参与到环境保护上来。

(三) 改进高校环境教育体制

高等院校是为社会集中培养各种高级人才的场所，大学生掌握着较高的科学文化知识和技术能力。青年大学生都处于世界观形成和基本定型阶段，培养其环境意识往往能产生终生效应。当前，我国高等教育中的环境教育与实际需要还差之甚远，高等院校在大力开展普及性的环境教育活动方面还需要做大量的工作。要使大学生能够接受良好、充分的环境教育，认识到环境问题的严重性和保护环境的必要性，并增强保护环境的责任感，将充分利用和保护宝贵的自然资源和生态环境落实到自觉的行动中去，必须改进高校环境教育体制。

1. 环境教育课程公共化

高校环境教育的目的是使大学生具备初步的环境科学知识和技能、较强的环保意识，培养其对待环境的正确态度，并乐意投身到环保事业中去。高校要开设环境教育公共课，与公共英语、政治理论课等一起供大学生作为必修课学习，内容包括环境资源科学基础知识、国际国内环境资源状况、可持续发展理论、环境保护法律法规、环境保护基本制度等，不仅让学生了解环境保护的紧迫性，掌握一些基本的环境保护法律制度，更重要的是培养保护环境和节约资源的观念和习惯，并落实到自觉遵守环保法规、保护环境资源的行动中去。

2. 环境教育实践制度化

与环境高等教育公共课程理论学习相对应，高等院校应当将环境教育作为大学生实践环节的一部分。要求大学生利用假期参加社会实践、在校实习期间，积极参加政府、学校及其他团体组织的环境保护社会实践活动，使其亲身经历和感受环保任务的紧迫性。高等院校应当将环境教育实践作为一项制度确定下来，以保证环境保护社会实践经常化、正规化、制度化，增强环境教育社会实践的实效性。

3. 改革环境保护专业教育机制

一是要强化对环境保护相关专业的招生、培养和就业促进工作。在招生方面，尽量给予报考环境保护相关专业学生以优惠政策，以吸引更多更好的学生接受环境保护相关专业教育；在培养方面，在专业分工、课程设置、培养方案等方面力求科学合理，力争为国家和社会培养出高素质的专业人才；在大学生就业方面，给予学生积极指导，并为其广泛开辟就业渠道，争取就业机会，力争把培养出的环境保护专业人才全面推向社会，为推动"两型社会"建设多作贡献。

二是要着力于环境保护专业教育向"高、精、尖"方向迈进。一方面，要抓好环境保护相关专业高级人才的培养，为向社会输入大量的高素质专业人才做准备；另一方面，要鼓励相关专业人才积极参与环境保护经济、环保科学技术、环境保护法律、环境保护教育等方面的研究活动，力争多出成果，为环境保护专业教育和环境保护实务提供更多的科技、法律、管理等方面的理论支撑。

第三节　村民委员会与建设"两型社会"

一、村民委员会在建设"两型社会"中的角色定位

改革开放以来，农村经济取得了长足发展，但由于粗放型的经济发展模式并没有得到根本转变，环境问题日益凸现，农村生态环境令人担忧。村镇环境"脏、乱、差"、饮用水源水质下降、畜禽养殖污染、农村资源污染以及工业企业和城市污染向农村加速转移等问题突出，使农村环境质量进一步恶化，不仅严重威胁着农民群众的身体健康，而且制约了农村经济的进一步发展。党的十六届五中全会提出"建设社会主义新农村是我国现代化进程中的重大历史任务"，并明确了建设社会主义新农村的具体要求，即在积极发展农村经济的同时，保护和改善农村生态环境，大力弘扬生态文明，通过倡导新的生产与生活方式，引导广大农村地区和农民群众走上生产发展、生活富裕、生态良好的文明发展道路，加速推进农村全面建设小康社会的进程。这既是社会主义新农村建设的具体要求，又是建设"两型社会"在农村的客观要求。

《村民委员会组织法》第 2 条、第 5 条第（5）项规定，村民委员会作为村民自我管理、自我教育、自我服务的基层群众组织；教育村民爱护公共财产，依法合理开发利用自然资源，保护和改善生态环境。这就注定了村民委员会在建设

"两型社会"进程中必然要扮演重要角色。概括起来，村民委员会在农村"两型社会"的建设中担当如下角色。

1. 环境信息收集者

目前我国环境信息公开仍存在诸多问题，如政府信息管理上的封闭性、政府信息供给的等级化、政府信息拥有上的垄断性和政府信息披露的恩赐性等，在政府机构里没有相应的窗口和职员专司公开政府信息。此外，企业环境信息披露在我国环境保护工作中还是一个十分薄弱的环节，由于没有相应的法律规范作出规制，很少有企业主动进行环境信息的披露工作。因此，需要村委会发挥带头人的作用，通过各种途径收集环境信息，包括国家最新环境法律、法规、环境政策以及本行政区域内的环境状况和污染物排放情况，以便村民能够充分享有知情权。

2. 环境保护决策者

依照《村民委员会组织法》，村委会有"依法合理开发利用自然资源，保护和改善生态环境"职责。所谓"职责"，既是权力，又是义务。这就决定了村委会应依据本村的环境资源现状，对本村资源利用和环境保护作出决策，如开展村庄环境污染综合治理，综合利用本村集体经济组织内的资源，推广新的环保经营方式，引进和推广节水降耗技术等。在家庭生产中遇到的许多单家农户想办而难以办到、难以办好的有利于环境的事，均可由村委会组织实施。只是村民委员会在作出决策之前，应当经过法定程序，尊重村民的集体决议，发挥群众的首创精神，并进行合理的引导和规范，使之成为本村环境保护的动力。

3. 环境利益协调者

唯物辩证法认为，当事物的各部分按照一定顺序合理排列时，整体功能则大于各部分之和，反之，当各部分处于混乱状态时，整体功能则小于各部分功能之和。在农村，农户之间、行政小组之间、企业之间、行业之间，在环境保护、资源利用和经济发展上既存在利益的一致性，又存在利益的冲突与斗争，这需要村委会进行统筹和协调，使各部分处于和谐有序的状态。比如说，农村环境污染防治基础设施建设，包括生活污水处理、生活垃圾收运—处理设施等工程；农村饮用水源地环境保护；畜禽养殖污染防治与废弃物资源化利用等各项工作的统筹、规划和建设，村委会要站在全村的高度，把握全村环境保护的大局，用经济的或行政的手段，调整产业结构，改组不同企业，协调农户之间和小组的利益，使整个村落的环境处于健康状态之中。

4. 环保知识宣传者

村委会可以通过充分利用广播、黑板报、村民大会等手段开展多层次、多形式的环境保护的舆论宣传和农村环保科普知识宣传，动员广大农民积极参与美化自己家园的环境保护行动。及时宣传报道建设"两型社会"中涌现出的先进典型和优秀事迹，通过树立典型，引导广大农民群众自觉保护农村生态环境和自然资源，形成良好的环境卫生和符合环境保护要求的生活、消费习惯，弘扬生态文明，发展生态文化，推动建设环境友好型、资源节约型活动的顺利开展。

二、建设"两型社会"与村民委员会法制建设

（一）规范乡镇与村委会之间的关系

现阶段我国农村社会管理体制中有两种相对独立的权属，即乡（镇）政府的行政管理权和村民自治权，它们构成了在中国共产党领导下的农村社会"乡政村治"的总格局。应当说，乡镇的行政管理权与村民自治权在性质、来源和目的上是不同的。前者属行政权力，是国家权力的一部分，来源于权力机关的授权，其目的是履行行政管理职能；后者则是农村村民一种权利，来源于立法确认，其目的是保障农村村民自我管理、自我发展的权利得以实现，村民委员会是村民行使自治权的代表。当然二者也存在一定联系。村民委员会行使自治权离不开乡镇政府的指导、支持与帮助；村民自治也是乡镇的行政管理支持。

中国传统的自上而下的政治体制，导致乡镇行政管理权和村民自治权在运作过程中往往发生冲突。其中更多的是乡镇把村委会当作自己的下属行政机关干涉村委会的事务，导致乡村关系不畅，这对于激发村委会带领村民参与"两型社会"建设的积极性是十分不利的。因此，应该对乡村关系进行适当的梳理和有效的整合，根据《村民委员会组织法》的原则，制定明确、具体的村民自治的制度体系，从制度上合理划分乡政府和村委会各自的权限，促使乡镇政府管理与村民自治有机衔接。一方面，乡镇政府及其工作人员要摒弃传统上严格的行政管理观念，把乡村之间关系真正转变到指导与被指导的关系上来，在充分尊重村民自主权和村委会相对独立性的基础上，加强对包括农村环境保护、生态建设、资源节约利用等方面的指导。另一方面，村委会要加强村民自治组织自身建设，教育农民提高民主意识，增强自治能力，引导农民学会使用民主权利，自觉协助乡镇政府做好环境保护工作。

（二）理顺村党支部和村委会之间的关系

村党组织与村民自治组织的关系是否协调和规范，直接影响着村民自治能否

正常有效地运作，村委会能否真正有效地投身于建设"两型社会"的活动中去。因此，要依据现有宪法、法律、法规和党的章程、条例，制定有关实施细则，对党支部和村委会的职权范围作进一步明确、具体的规定，使之具有可操作性。村党支部和村委会的一切活动都要纳入法制的轨道，如村党支部书记同时任村委会主任或副主任都必须按照法定程序通过民主选举产生；村党支部在讨论本村环境保护和资源开发中的重要问题时，应事先广泛征求村民和村委会的意见，以获得他们的认同和支持；村党支部作出的有关本村重要事务的决定，还需经村委会（必要时经村民代表会议或村民大会）依照民主决策的程序予以通过，使其由党内具有约束力的决定转化为对全体村民有约束力的"村规民约"。

（三）建立村委会绿化制度

随着环境状况的不断变化，环境保护工作的不断深入，村委会会碰到许多新情况、新问题，需要村委会注重自身建设，提高村委会建设"两型社会"的组织能力和管理水平。必须建立村委会成员的培训机制，确保村委会成员环境保护专业水平，加强村委会对本村环境资源保护的指导；建立农村环保科技人员培养与引进机制，及时吸收环保科技人员进入村委会，促进农村科技人才资源的开发和人才结构的优化，从而建立并实施科学的环保运行机制，以达到加强村庄环境的有效保护、资源的高效利用的目的。

第四节　环保非政府组织与建设"两型社会"

社会主义市场经济是我国当前和今后相当长时期内的主要经济社会发展目标之一。在市场经济体制下，经济的自由发展不会天然地保护环境与资源，不会天然地维护和增进社会公共利益，更不会天然地实现公平。市场经济的完善需要政府的介入和管理。政府的干预又会导致政府职能和公共权力的不断扩大，带来包括治理成本上升、服务效率低下以及腐败大量存在等问题，公共服务和管理的政府单边主义以及对公共权力的垄断已经走入死胡同。为满足民众日益多元化的需要，必须要重视和利用社会力量来服务和管理社会，而必经途径就是政府公共权力缩小，把已经超出其能力行使范围的公共权力向公民社会转移。非政府组织既能够超然于市场之外从而避免市场经济的外部性效应，又能够在代表社会公共利益的同时弥补政府干预的缺陷，因而是政府转移权力的理想承受者。非政府组织并不只是权利行使主体，还承担着公共服务和管理的社会责任。环保非政府组织通过参与政府在环境领域的公共决策、参与跨地域的环境监督和治理以及处理部分环境纠纷等，从而达到推动建设"两型社会"的目的。

一、环保非政府组织在建设"两型社会"中的角色定位

建设"两型社会"，实现人与自然的和谐，必须就当今人类面临的生态危机进行反思。生态危机是人类不当生产和生活方式导致的结果，因此环境问题的根本解决需要人类道德观念的转变和生产生活方式的改变，需要社会各种力量的共同参与。环保非政府组织（NGO）具有一般非政府组织的特征，具有正当性、民间性、非营利性、非政治性、非宗教性、自治性、志愿性和公益性。正是环保NGO 的自身特点和独特作用决定了其能与政府形成互补与合作的关系，并在建设"两型社会"中扮演重要的角色。

（一）环保意识的觉醒者和唤醒人

良好的环境意识是环保非政府组织存在的目的和成长的社会条件[①]。环保NGO 首先是环保意识觉醒者的联盟。正是其率先觉醒的环保意识进一步唤醒社会公众参与环保成为必要，环保 NGO 才得以发展起来，环保 NGO 的职责之一就是唤醒组织成员和社会公众的环境意识。环境意识的唤醒和培养需要环境信息的有效传播和交流。目前我国政府信息公开渠道不畅，申请人为获取所需的全部信息，经常要向很多行政机构申请，给申请人带来很大的时间和经济成本。另外，企业环境信息披露在我国环境保护工作中还是一个十分薄弱的环节，由于没有相应的法律规范作出规制，很少有企业主动进行环境信息的披露工作。环保 NGO 成员来源于社会各个阶层，具有较完善的组织网络，能够最快地传递和发布环境信息，使信息的不对称性有所减弱。网络的开放性和时效性也给环保 NGO 获取信息带来了极大的便利。环保 NGO 能够更有效地汇聚社会信息资源，唤醒更多社会公众参与环保事业，使自身或他人的环境价值观和环境利益得以实现。

（二）环境资源保护的人才库

自然环境系统有其自身的规律，环境问题也要通过科学技术来解决，科学技术是发展环保事业的支柱和动力，使得环保工作具有较强的科学技术性[②]；而环境问题的日益复杂性使得环境保护又具有综合性、广泛性和跨学科性等诸多特点，这就要求环保工作需要法律、生物、地理等各种专业知识的协调，并随着环境保护工作的细化，在各专业内部也有了不同的分工合作。正因为环境保护事业

---

① 叶林顺：《环保非政府组织的作用与定位》，《环境科学与技术》，2006 年第 1 期。

② 蔡守秋：《环境资源法学》，人民法院出版社，2003 年，第 14 页。

涉及面广，所需专业技术知识多，单单依靠政府和企业的力量去聚集这么多的专业人才难度颇大，因此，政府与企业中环保专业人才的短缺不可避免。而且政府职能部门的强项是综合、全面地管理和服务，却不善于根据环境保护中的具体情况制定应对措施。与此同时，由于公众对环境危机的认识加深，环境意识的提高，越来越多的公民加入了志愿者的行列。环保 NGO 吸收了大量的志愿者，有充足的人力资源，而且有相当一部分是各个领域的高素质人才。于是，针对不同的环境问题，把某些具体的环境保护工作交给环保 NGO 完成就成为环境保护事业的需要。政府、企业以及环保 NGO 在环境保护工作中的分工合作，形成良好的互补关系，有利于发挥环保 NGO 的专业特长，弥补政府和企业在具体环保领域中专业能力和人才的不足，符合环保工作的特点，有利于环境保护事业朝专业化方向发展。

（三）环境管理上的利益中立者

由于环境问题的流动性，区域之间往往会通过固有的地域联系发生环境关系。发生环境关系时，某一地域的生态环境问题，可以输出并转嫁给相关地域，导致生态环境问题的跨域性。同样，由于生态环境资源作为公共产品具有极大的正外部性，一地区在生态环境上的投入所带来的好处并不仅仅限于本地区，其他地区或多或少都可以享受到其溢出的好处。这就要求建立环境管理的统一体制。依照我国的宪法和法律，我国已经初步建立起统一监督管理和分部门管理，中央管理和地方管理相结合的管理体制。但是，我国目前的环境管理体制仍存在严重缺陷，表现为横向管理体制不健全，缺乏跨省市的协调机制；中央环境管理机构对跨省市生态环境问题的督察和监测不力；此外，由于环境还是一种经济资源，具有多元价值[1]，不同地方、不同部门可能会因环境价值取向不同产生利益冲突，难以协调，这严重阻碍了环保事业的发展。要建立统一的环境管理体制必须打破地方与部门对环境保护的地域和部门限制。但是，如果在建立统一的环境管理体制中，单纯依靠政府的力量，就需要政府再次扩大机构编制，增加成本投入，这与政府职能的转变和"小政府、大社会"目标模式相抵触。因此，环保NGO 作为一个没有直接利害关系的利益中立者，利用它的专业能力加入跨区域环境管理之中，既能够避免行政区划对环境保护的局限性，又不受部门之争的影响，能够独立地行使监管职能，从而有力地弥补政府作用的空白区域，为改革现有的环境保护管理体制作出自己应有的贡献。

---

[1] 吕忠梅：《环境法新视野》，中国政法大学出版社，2002 年，第 252 页。

二、建设"两型社会"与环保非政府组织法制建设

（一）法律对环保非政府组织的规制现状

1. 环保 NGO 的登记管理体制存在缺陷

依照我国现行法律规定，NGO 要获得社团法人的身份进行活动必须根据中国民间组织登记管理的两个主要法规《社会团体登记管理条例》和《民办非企业单位登记管理暂行条例》进行注册登记。但是当前我国 NGO 登记管理体制的特点是：①门槛高。对 NGO 实行登记管理机关和业务主管机关双重审核、双重负责、双重监管原则，即登记注册管理由各级民政部门来管，而日常性管理由业务主管单位来管。业务主管单位被赋予了巨大权力，可以对 NGO 的活动进行审查和监督，对其违法行为予以查处。由于业务主管单位要对所属 NGO 的活动负责，却并不能从中受益，加之条例中并没有对业务主管单位作明确指定或者必须审批的义务规定，从而导致各业务主管单位"多一事不如少一事"，对申请的 NGO，尤其民间成立的组织，大多采取推脱的态度，使得独立申请的 NGO 很难被批准，不得不转而求助工商登记或者不登记。②限制多。与双重监管原则并行的还包括非竞争性原则和限制分支原则，即在同一行政区域内不得设立业务范围相同或者相似的两家社会团体，不得设立地域性的分支机构。这些特点一方面制约了环保 NGO 独立自主地开展环保工作和组织环保活动，另一方面模糊了环保NGO 的法律地位，使其可能会因主管单位的不同而具有不同的法律地位。环保NGO 没有明确的法律地位，使得公众环境监督缺乏有力的组织支持，阻碍了环境民主监督程序的有效运行。

2. 缺乏合理的经济激励政策

对公益性的非营利性 NGO 减免税收是世界大多数国家特别是发达国家的通行做法。例如美国联邦税法第 501 条规定了非营利性组织可以享受所得税、财产税等多税种的豁免。在日本、澳大利亚、荷兰等国家中，也有法律明确规定对非营利组织的多税种豁免。对环保 NGO 之所以要有税收上的优惠政策，是因为它们都从事公益事业，国家给予一定的税收优惠可以促进它们的发展，从而促进公益事业的发展，这与税收的理念是一致的。此外，如果不鼓励环保 NGO 从事公益事业，政府就得自己去提供，环保 NGO 的公益活动减轻了政府的负担，节约了政府在环境保护事业上的开支。①但是，我国的环保 NGO 要获得社团注册，

---

① 王名，刘培峰：《民间组织通论》，时事出版社，2004 年，第 76 页。

必须要有挂靠的主管单位，而对于普通环保 NGO 来说找一个挂靠单位非常困难，为了开展活动，就只有到工商局以企业名义注册。按照我国税法规定，对企业应征收营业税、所得税、增值税等税种，但是税法中没有相应条款规定以企业名义登记的环保 NGO 的减税措施。于是，环保 NGO 主要通过募捐所得的资金要以企业所得税的形式交税。对以社团名义登记注册的环保 NGO 的减免税也缺乏具体细致的规定。我国以社团名义注册的环保 NGO 减免税资格的认定由财政部门进行，但是认定的随意性很大，缺乏制度保障。我国针对环保 NGO 的减免税制度没有建立起来，这对于资金本来就匮乏的环保 NGO 无疑是雪上加霜，致使环保 NGO 承担较重的经济负担，严重阻碍了它们的发展。

3. 环境公益诉讼尚无法律依据

对环境公共利益的侵害即是对公众环境权的侵犯，提起环境诉讼是环境权受到非法侵犯时保护环境权的一种重要方式。获得环境诉讼资格，有权提起环境诉讼，特别是环境公益诉讼，是环境权从理论到实践，从立法保障到司法保障的基本标志。然而，我国现行法律尚未明确公民的环境权，使得环境公益诉讼缺乏有力的法律依据作支撑。尽管《关于执行中华人民共和国行政诉讼法若干问题的解释》第 12 条将原告的资格规定为"与具体行政行为有法律上的利害关系"，一定程度上扩充了行政诉讼原告资格的范围，但在实践中更多的还是需要有直接利害关系，从而给众多的环境资源案件进入司法程序设置了障碍，大大降低了环境保护法律法规的适用频率，环境保护法的威严也大打折扣，不利于保护生态环境和自然资源。

(二) 促进环保非政府组织建设的立法建议

1. 改革环保 NGO 登记管理体制

对 NGO 严格的登记限制体现了指导思想上的一种保守的观念，就是担心一旦放松登记限制，各种各样的社会组织会如洪水一般进入登记的门槛，导致管理上的失控。这是一种典型的计划经济条件下的思维模式。事实上，随着改革的深化和社会转型的推进，越来越多的社会组织使得多元化格局下的社会控制不再是简单的门槛限制就能够奏效的，有效的管理更多地强调过程控制、制度约束、社会规范和组织自律。在登记管理制度上我们可以更多借鉴国际经验，其中较为重要的是过程控制的原则以及在法治背景下的制度约束机制。美国的 NGO 管理模式是较为典型的过程控制，在美国，注册成立一个 NGO 非常容易，但获得税收优惠需要经过一系列申请程序，由国税局对其非营利性进行审查核准，同时通过公开和透明的机制对其开展活动和运作的全过程实行社会监督。日本的模式与我国体制更为契合，日本经济企划厅负责一般非营利组织的登记注册，文部省、厚生省则负责学校、医院等专业性非营利组织的登记注册，对不同类型的 NGO 依据特殊的法规规范。中国可以借鉴日本的模式，考虑在环境法中确认各级环境保护行政机关作为环保 NGO 的登记机关确认环保社团的资格，从而越过《社会团体登记管理条例》，环境法在我国是一个独立的法律部门，特别法具有优于普通法的效力，使环保社团无须再经过双重的审批程序获得活动资格，扩大环保 NGO 的法律生存空间。

2. 建立合理的减免税制度

一是及时修订税法，制定环保 NGO 的减免税制度，明确不同类型 NGO 减免的税种、减免幅度等具体内容，以倡导环保 NGO 的发展，鼓励环保 NGO 积极承担公共服务和管理职能。二是建立面向环保 NGO 捐赠主体的税收减免制度。除了捐赠给国家指定的组织才能享受减免税待遇外，为了鼓励个人、企业向环保 NGO 捐款，以支持环保事业的发展，同时利用这些社会力量来减轻政府压力，应该逐步建立健全面向环保 NGO 捐赠主体的税收减免制度。三是建立环保 NGO 的票据制度。票据管理与税收密切相关，目前环保 NGO 独立的票据只有一种社团的会费收据，在规定情况下可以使用捐赠收据。除此以外，环保 NGO 只能去购买工商发票。环保 NGO 票据制度不健全，导致将培训、服务等各种费用均计入"会费"的情况，有些官办环保 NGO 则凭领导人的身份开具事业单位的收据。这些非常不利于对环保 NGO 的监督管理。应当建立环保 NGO 票据制度，以完善整个税收体制，保障环保 NGO 健康发展。

3. 完善环境公益诉讼制度

环境公益诉讼给环保 NGO 提供了发挥保护环境公共利益的有效平台。但是，我国没有建立真正的环境公益诉讼制度。为使环保 NGO 能够完全充分发挥作用，也有必要建立环境公益诉讼制度。同传统诉讼制度相比，建立环境公益诉讼制度应当从以下几个方面着手。

(1) 放宽环境公益诉讼的主体资格。传统民事诉讼局限于将原告主体资格限定于"与本案有直接的利害关系"，传统行政诉讼则将原告主体资格限制在"与具体行政行为有法律上的利害关系"，包括相对人和相关人，这就把大多数社会成员排除在原告主体资格之外，极不利于对环境公共利益的保护。为使环境公共利益保护获得可诉性，应当将原告范围扩大至所有社会成员，包括公民、企事业单位和社会团体，其中，环保 NGO 的作用应予以特别重视。

(2) 扩充环境公益诉讼受案范围。鉴于抽象行政行为对环境公共利益影响更大，关系更密切，如果拘泥于传统的将行政诉讼案件受案范围限制在行政机关的具体行政行为上，而将抽象行政行为排除在外，必将在很大程度上阻碍通过诉讼程序实现对环境公共利益的维护。应当适当扩大环境公益行政诉讼的受案范围，使环境行政公益诉讼对象不仅包括行政机关损害环境公共利益的具体行政行为，还包括损害环境公益的抽象行政行为。[①] 这样更有利于环保 NGO 在更大范围内通过环境诉讼发挥保护环境资源的独特功能。

（3）科学分配环境公益诉讼的举证责任。由于环境污染的隐蔽性，加之环境公益诉讼的原告方受制于技术、环境、信息等方面的因素，举证能力相对较弱，如果仍然坚持"谁主张、谁举证"的原则，必将使环保公益诉讼原告陷于不利地位，不利于保护环境公共利益。因此，立法上应减轻其举证责任。在具体案件中，法官应酌情进行利益衡量，合理分配举证责任，使环境公共利益得以有效的保护。

（4）与环境公益诉讼相关的费用负担。由于环境公益诉讼涉案标的和赔偿请求往往数额巨大，提起诉讼所需案件受理费也相当可观，而现行诉讼收费办法无专门关于环境诉讼减免条款，要让环保 NGO 承担诉讼费用，无异于给环保 NGO 提起环境公益诉讼设置了一道难以逾越的门槛；同时，由于环境公益诉讼取证困难，聘请代理人、委托鉴定人等又需要大量的费用，这也是非营利性的环保 NGO 所难以承受的。因此，一方面，应当建立环境公益诉讼原告费用减免制度，即原告方败诉，诉讼费用减免，被告方败诉，则依照规定征收；另一方面，确立败诉方承担诉讼中发生的调查取证及委托代理人费用的制度，既可以减轻环境公益诉讼原告方的负担，消除其后顾之忧，又可以有效地制止借环境公益而引发的滥诉现象。

[①]　张建伟：《环境公益诉讼法律制度研究》，《2003 年中国环境资源法学研讨会（年会）论文集》，中国海洋大学，2003 年。

第八章 个人与建设"两型社会"

第一节 个人在建设"两型社会"中的角色定位

相较于政府、企业、其他社会组织等组织而言,个人在建设"两型社会"的活动中具有特别重要的作用。本章主要探讨个人作为独立的主体如何扮演其社会角色,如何通过其行为参与到"两型社会"的建设实践中以及如何通过对其行为的规制,使之能促进"两型社会"的建设。

对于个人在建设"两型社会"活动中的角色和作用,可以从多方面展开:从权利和义务的角度出发,应当研究怎样通过个人环境权利的享有和环境义务的履行来建设"两型社会";以环境利益为核心和着眼点,应当通过保障环境利益的实现来促进"两型社会"的建设;还可以以个人在环境政策制定、实施和监督中的不同作用为切入点来进行研究,等等。本书以法律的行为调整说为指引,从一个社会发展和运行最基础的活动出发,来分析个人在建设"两型社会"中的行为并提出法制保障建议。概括地讲,个人是通过扮演劳动者和消费者这两个角色,并在各自的角色下进行相应的生产和消费行为,从而在"两型社会"的建设中发挥作用。

一、个人作为个体生产者的角色

在社会的运行中,个人作为劳动者角色主要有两种形式。其一是生产组织的成员,此时的劳动者角色是非独立的个体。组织行为学认为,在组织中的个人不是一般意义上的个体,是"组织的人"。意思是指个人在组织中居于被动的地位,通过履行组织赋予的职责进行生产活动,其劳动活动受组织目标和组织的生产规范所限制,缺乏独立性。在组织的活动中,虽然应该激励成员发挥其能动性,为组织目标的实现而积极地"作为",但是,从实质上来讲,个人的这种劳动行为仍然无法脱离组织的利益而单独存在,不具备个人劳动行为的典型特征,即追求效益最大化。

其二是独立的个体生产者,区别于作为组织成员的个人。所谓个体生产者的个人是指以实现个体利益的最大化为目标,以自主独立生产的形式进行劳动,创造社会财富的家庭或自然人。作为个体生产者的个人具有如下的几个特征:首先,实现个体利益的最大化是个体生产者进行生产的首要目标,所以,他们符合

"经济人"的假设。其次，其生产行为是受自己意愿所控制的，仅受制于社会的法律规范和道德风俗，具有自主性和独立性。最后，对所谓的个体生产者的"个人"应该做扩大化的理解，由于家庭承包经营户的独特地位，笔者把以家庭形式存在的经营户也纳入到个体生产者的范畴。

在建设"两型社会"的实践中，作为个体生产者的个人，已经转变为影响这个社会建设的重要力量。作为个体生产者的个人，要符合建设"两型社会"的要求，其要旨是在整个生产劳动的过程中，贯彻"环境友好"和"资源节约"的理念，以此指导其整个生产过程。在采购原材料，为生产做好准备阶段，要尽可能地采用可再生资源和绿色能源，优先采用废弃物资源。在生产阶段，采用科学合理的生产方式和生产工艺，减少生产流程中的资源，特别是不可再生资源的耗费，同时减少对废弃物的排放量，以有利于资源的节约和环境的保护。在一项生产完成后，要求对产生的废弃物进行循环利用或是无害化处理。

从生产的成果来看，生产的成果主要是产品和服务。建设"两型社会"，一方面要求个体生产者生产绿色产品，以降低在消费这些产品的过程中对环境的污染、破坏的风险；另一方面要求个体生产者在提供服务的过程中，能够运用"绿色"的技术和工艺，在保证服务品质的前提下节约利用资源。

二、个人作为消费者的角色

人类对环境问题和资源危机的根源的认识是一个渐进的过程。美国生物学家保罗·埃里希在 1968 年出版的《人口爆炸》一书中认为，环境问题的根源在于人口的迅速增长，人类无节制的生殖和繁衍，对资源开发和利用的速度远远落后于人口的增长速度，地球上的资源供给面临着人口迅速增长带来的巨大挑战，生态环境的承受力受到巨大的冲击；美国生物学家巴里·康芒纳在《封闭的循环——自然、人和技术》里提出，环境问题是科学技术发展的必然结果，科学技术在带来巨大而丰富的物质财富的同时，也带来了环境的巨大破坏；还有观点认为，环境问题和资源危机的根源在于经济的增长，通过不断扩大生产规模，满足人类物质需求的同时，环境污染公害事件频发，资源面临枯竭。如《21世纪议程》中也指出："全球环境不断恶化的主要原因是不可持续的消费和生产模式，尤其是工业化国家的这类模式。"这些观点在探讨环境问题的缘由上有一定的意义，但是，并没有找到环境问题和资源危机的根源。其实，无论是人类无节制的增长、科学技术的进步还是生产的扩大，其背后起决定性作用的关键在于人类的消费。① 正如拉尔夫的判断，"消费问题是环境危机问题的核心，人类对生物圈的影响正在产生着对环境的压力，并威胁着地球支持生命的能力。从本质上来说，这种影响是通过人们使用或耗费能源和原材料所引起的"②。所以说，人类的消费是影响环境的最主要的力量。

消费可以分为广义的消费和狭义的消费。广义的消费，包括了生产消费和生活消费两个方面，而狭义的消费仅指生活消费。而对于个人来说，在现代社会中的主要角色是生活消费者，即为生活消费需要购买、使用商品或者接受服务的个人。个人消费者是社会消费主体中最为广泛的主体。个人作为消费者的角色影响着整个人类的消费方向，进而通过一定的作用机理影响着环境的保护和资源的节约利用，所以，从这个意义上来说，个人作为消费者在"两型社会"的建设实践中有着重要的作用。

个人的消费行为通过两种作用机理影响到环境保护和资源利用。其一是从消费对生产的反作用机理来看，社会消费对社会生产具有强大的反作用力。现代经济社会的一个典型特征是消费主导生产。与传统的生产主导消费的社会经济运行方式不同，所谓消费主导生产是指社会的消费需求引导生产，消费对生产不再是简单地起着影响作用，而是直接主导生产的规模、产品的结构，甚至生产工艺的选择、生产决策的制定等。建设"两型社会"，应该充分重视消费对生产的主导性作用，通过引导消费，从而间接地把社会生产引导到有利于节约利用资源，合理开发并保护环境的方向上去。其二是从消费者自身的消费行为来看，消费者个人的消费行为是环境和资源的直接影响因子。消费者个人消费行为是追求个人需要的满足。根据马斯洛的"需求层次理论"，个人的需求可以分为五个层面，即生理需求、安全需求、社会交往需求、尊重需求和自我实现需求。其中生理需求和安全需求属于比较基础和低级的需求，对这两个需求的满足是出于人的自然本能；社会交往需求、尊重需求和自我实现的需求是比较高级的需求，个人的社会属性决定了个人对这三种需求的追求。无论是出于个人的自然属性还是出于个人的社会属性，个人对以上五种需求的追求是必然的。在社会能够提供比较充足的消费产品的前提下，个人通过个人的消费行为来追求以上需求的满足。个人在这个追求的过程中，其行为直接地影响着资源的利用和环境的保护。

从需求的层次和资源与环境之间的相互关系来看，处于低级层次的需求对资源消耗比较少，对环境的负面影响也比较小；处于比较高级层次的需求对资源的

---

① 人口的增长会带来需求总量的增长，这样看来，环境问题和资源危机的根源似乎还是人口的增长，其实不尽然。根据马斯洛的需求层次理论，假定人口数量不变，个人的消费需求还是会必然地扩大，这样整个人类的需求也会必然扩大。所以，问题的根源还是在于人类的需求。

② ［圭亚那］斯里达斯·拉尔夫：《我们的家园——地球》，夏坤堡译，中国环境科学出版社，1993年，第13页。

消耗比较多，对环境的负面影响也比较大。在社会能够提供比较充裕的消费品的前提下，如何既能够最大限度地满足个人对比较高级层次需要，同时又能最大程度地节约利用资源、减少对环境的污染是一个尖锐的问题。马斯洛认为，人的需求满足总是一个从低级向高级的过程，人们总是优先满足生理需求，进而追求更高级的需求，自我实现的需求则是最难以满足的。建设"两型社会"，体现在个人消费行为上，就是要求个人在相应的需求得到较好满足的前提下，关注社会资源和环境的承载能力，尽可能地节约利用资源、保护环境。所以，个人不单是个人需求的追求者，还必须肩负保护环境、节约利用资源的责任。

第二节　个人的环境不友好资源不节约行为分析

鉴于个人消费行为对环境和资源的重大影响，本部分主要集中探讨当作为消费者时，个人的环境不友好、资源不节约行为。根据对个人消费行为的分析，个人的消费行为主要集中体现在满足对个人的生存需要这个层级。"生存"是个人消费的最基本的指标，为了个人的基本生存所进行的消费行为，也会带来环境的破坏和资源的浪费。根据马斯洛的理论，个人的生存需要表现为个人对食物、水、空气、住房、衣服等的追求。因此，个人需求的对象可以概括为"衣、食、住、用、行"这五个方面。

一、个人对衣着的消费行为分析

出于不同的考虑，个人对于衣着的消费存在差异。有的为了御寒、保暖，有的为了遮羞，有的为了审美，有的为了标志，有的为了交际等。不管是出于什么样的目的，只要在消费衣着的过程中，没有出现消费观念的偏差，没有超出正常的需求，则不会给环境和资源带来很大的负面影响。但是，如果因为个人对衣着的消费受不当的消费观念的影响从而出现异常的消费追求，则会给环境和资源带来巨大的压力。个人在消费衣物的过程中，环境不友好、资源不节约的行为主要表现在以下三个方面。

（一）以动物制品做衣物，环境资源破坏严重

动物皮毛的来源主要有两种，一是人工饲养的动物；二是野生动物。消费者对用动物、甚至是野生动物皮毛为原料所制的衣物的需求量一直比较大，导致生产厂家大规模地捕杀动物以获取其皮毛。以人工饲养的动物为主要的原料来源对生态环境尚不构成重大影响。但是，以野生动物为原料来源则会给生态平衡带来巨大的挑战。虽然国家通过立法对捕杀野生动物的行为进行了规定，但是非法捕杀野生动物的情况仍然比较严重。以藏羚羊为例，其底绒的价格非常高昂，在中

国境外，1 公斤藏羚羊生绒价格可达 1 000～2 000 美元，而一条用 300～400 克藏羚羊绒织成的围巾价格可高达 5 000～30 000 美元。错误的衣物消费观念和非正常的衣物消费需求给动物甚至野生动物资源带来巨大的压力。以动物皮毛、特别是野生动物皮毛为原料制作衣物的行为是背离环境友好观念的。

（二）衣物的利用率偏低，资源浪费严重

对于旧衣物的处理是一个非常棘手的问题。从个人来看，追求新颖和时尚是社会的主流风气，一件衣物被穿过几次以后就被束之高阁，这些旧衣物很少能被再次利用。从整个社会来看，合理、环保地处理数量庞大的旧衣物是一个社会性的问题。另外一方面，社会中也存在许多贫困人群缺乏衣物，他们对于衣物甚至是旧衣物的需求还没有得到满足。通过非正式的募捐方式，只能解决一时之需，不能从根本上解决旧衣物再次利用率偏低的问题。笔者认为，缺乏有效的机制保障旧衣物能够流转到需要的人群手中是造成这个问题的主要原因。建立有效的旧衣物募捐机制，从而促进旧衣物的再次利用率的提高，不但有利于实现帮扶贫困、体现社会正义，更有利于保护环境、节约利用资源。

（三）衣物的边际效用利用程度低，浪费严重

按照经济学的边际效用递减理论，个人消费者在对衣物的第一次穿着时获得的满足最大，以后逐次递减。当一件衣物在第一个所有人的眼中效用降低到一定程度以后，第一个所有人则会放弃对衣物的所有权，则这件衣物就成了旧衣物。当其通过其他方式被转移到第二个人所有时，这件衣物上仍然存在一定的价值。第二个所有人可以通过使用获得满足。如此，一件衣物在通过多次的所有权转移，其效用能够获得最大限度的利用。笔者认为，如果一件衣物没有经过多次地所有权转移和利用就直接被归类为垃圾，从而进入垃圾处理程序，这既是边际效用的浪费，也是社会资源的浪费，非常不符合资源节约利用理念。另外，在最后的回收处理程序中，由于各种衣物的原料不同，不能采取单一的回收处理方式和工艺，必须采取不同的工艺，进行分类处理，以有利于减少资源的浪费和流失，最大限度地回收资源。

二、个人对食物的消费行为分析

在对食物的消费中，个人的环境不友好、资源不节约行为主要表现在食物的浪费、食品过度包装和膳食来源结构不合理这三个方面。

（一）食物消费观念偏差、食物浪费情况严重

国家粮食和营养咨询委员会秘书长许世卫指出，减少食物浪费是关系 13 亿

人口食物资源和健康的大事，也是建设资源节约型社会的重要内容，需要采取积极措施加以防范。[①] 而现实中，食物消费观念的偏差所造成的事物浪费情况非常严重。大吃大喝、铺张浪费的情况比比皆是。两三个人的聚餐，可能要点一桌的菜品；大学校园食堂里，剩下半个馒头、餐盘里面剩下接近1/3饭菜等现象随处可见。在一些地方甚至出现了一些专门吃"剩饭"的人群。[②]这些现象都揭示了一个事实，我国社会的食物浪费情况已经非常严重了。从生理学和营养学的角度来看，食物是维系个人生存最基础能量的来源，对于食物的消费是个人消费中最基本的部分，一个人的食物需求在于满足其能量和营养需求即足够。过度的吸收能量和营养不仅会导致食物的浪费，还可能会导致个人的肥胖，从而增加患疾病的风险。从民族传统来看，爱惜粮食，勤俭节约是中华民族的传统美德，也是社会的主流价值观，铺张浪费，过度消耗与中华民族的传统美德与社会主流价值观相违背，应该受到谴责。

消费观念的偏差以及社会上存在的不正当的价值观念是造成食物浪费的主要原因。不管是请客吃饭，会议餐会或者家庭内部聚餐，总觉得如果菜品点的不够多，就似乎不够热情，就不能显示自己的经济实力。根源还在于中国人所特别看重的，但是又长期以来存在认识误区的"面子"问题。笔者在美国游学期间发现，在餐馆用餐时，几乎很少见到上述的浪费情况。在其国民的价值观念中，如果一个人用餐后仍然剩下很多菜品，而且没有打包，那么这个人是不会得到大家的认可的，这种行为是没有"面子"的、没有教养的行为。

（二）食品过度包装、资源浪费

食品的过度包装，是指远远超过食品包装作用的包装，使用的包装超过对包装食品的保护范围，体现为包装的过大、过量，其突出特征是包装用量过度。食品过度包装主要表现在食品包装的"量、度、形"这三个指标上。"量"的过度包装指包装的质量和数量超过了对包装食品的保护范围；就数量而言，表现为包装层数和包装次数过量过多，增加了不必要的包装件数、包装厚度和包装次数；就质量而言，表现为包装质量过量、包装物使用量的单元过量、包装与所包食品的比例失调。"度"的过度包装主要体现在包装的厚度、长度和宽度的过度包装，通过增加包装材料的厚度，以及在包装的结构空间上加入充填物，增加包装材料的用量，甚至设计者为追求视觉效果而导致了宽度过分的包装。"形"的过度包装具体表现为在包装与所包食品的形体上产生较大的空间。

由于食品对于人的特殊意义，对食品进行必要的包装，有利于使个人能够放

---

① 许世卫：《直面食物浪费严重现状：与节约型社会背道而驰》，《农民日报》，2006-12-05。
② news. dayoo. com，2004-02-10

心地消费卫生的食品，符合消费者的利益。但是，如果过度地包装，不但会增加消费者的成本，而且会浪费资源和能源，同时，废弃的包装材料会带来环境的污染。学界大多认为，食品过度包装的责任在于生产者，要求建立和完善生产者责任延伸制度，规制食品的过度包装行为。但却忽视了食品消费者应该承担的责任。笔者认为，食品包装与食品消费者对食品包装的需求有关。这个需求如果是合理的，那么，食品包装必然呈现为合理的状态；如果这个需求受其他因素的影响而出现偏差，食品包装则呈现出过度的状况。影响消费者对食品包装的需求出现偏差的原因在于消费者的包装消费观念。主要表为追求精美、豪华的食品包装，认为越是包装精美，越高档、气派等。

（三）膳食结构不合理，环境资源破坏加剧

科学、合理的膳食结构，不但能满足个人生长和发育的能量和营养需求，而且能保障人体生理机能能够正常发挥作用。但是，如果膳食结构不合理，不但会影响人体生理机能发挥作用，而且会加剧环境资源的破坏。

随着生活水平的提高，人们对食物的要求逐渐提高，甚至出现了一些异常的需求。一方面，许多人已经不满足于一般的家禽、普通鱼类和蔬菜，而是以吃野生动植物为时尚，甚至有些人捕杀并食用的是国家保护、非常珍稀的野生动物。野生动物是生态环境中非常重要的要素，被人类大规模的捕杀，不但会破坏生态平衡，还会影响到野生动物资源种类的完整。人们对于野生植物也存在着偏好，大规模的采集不但会导致水土流失，更是会影响生态系统的完整性，对大自然基因库的完整性也存在负面的影响。另一方面，还存在引进国外的食物品种的现象。从国外引进一些动植物品种虽然可以丰富人们的"菜篮子"，但是同时也存在外来物种入侵的风险，在引进这些物种之前，应该进行严格的环境影响评价，尽量地维持当地生态环境平衡。

三、个人对住宅的消费行为分析

"安得广厦千万间，大庇天下寒士俱欢颜"。住宅对于个人来说具有不可替代的特殊意义。就我国的国情来看，拥有属于自己的住房是每个人的梦想，个人对于住宅的消费需求缺口还比较大。但是，个人在对住宅的消费行为中，仍然存在着环境不友好、资源不节约的行为，主要表现在两个方面：一是个人住宅非理性购置。表现为消费目的不明确，单纯追求住房面积、一味地追求豪华装修，住宅的消费规划不合理，追求一次到位性消费，没有形成梯度消费观念，由过去的单纯追求一房到追求多房，盲目投资。二是个人住宅适用中能耗高、污染重、浪费大。建设部副部长刘志峰指出，与发达国家相比，我国住宅使用能耗为相同技术条件下发达国家的 2～3 倍。城市水资源的 32% 在住宅使用过程中被消耗，住宅使用能耗占全国总能耗的 20% 左右。如果加上建材生产和制造过程中的能耗，住宅总能耗占全国总能耗的 37%。[①] 住宅面积增大必然导致生活垃圾和污水量增多，环境污染严重。

个人的住宅消费存在环境不友好、资源不节约行为，主要是因为当前我国居民对于住宅的消费观念中普遍存在着误区，表现为消费心态还不成熟，非理性的住宅消费行为普遍存在。造成这种误区的主要原因是缺乏完善的住宅供应和住宅消费政策及国家通过税收等宏观调控手段的力度不够等。

四、个人对汽车的消费行为分析

个人对于汽车的消费中，环境不友好、资源不节约的行为主要表现在几个方面：一是盲目地追求汽车的大排量；二是出行严重依赖于汽车；三是不当地使用汽车，违反禁鸣、禁停规定；四是偏好私家拥有汽车，造成公共交通工具使用上的资源浪费。

汽车所带来的环境污染和破坏方面的危害有四个：首先，汽车尾气是一个重要的污染源，汽车尾气中的热量是气候变暖的重要原因之一。汽车尾气中含有的大量化学成分，不但会直接污染空气，导致空气质量下降，还会间接地形成酸雨，从而破坏植被，导致生态环境的恶化。其次，汽车所产生的噪声和粉尘也是污染环境、引起环境质量下降的重要原因。再次，在一定区域内，如果个人所拥有的汽车量超出区域内停车场所的容量，则必然会导致大规模地占用土地用于停车，对区域内的土地资源造成巨大的冲击。最后，从汽车对能源的消耗来看，在个人的汽车消费中，存在盲目地追求大排量的趋势，再加上越来越多的私家汽车保有量，给石油和天然气能源的供给造成巨大的压力。我国是一个资源大国，但不是资源的强国，在石油和天然气还很大程度上依赖于进口的情况下，数量持续上升的私家汽车数量以及个人对于大排量汽车的追求，导致石油和天然气资源的供给日趋紧张。

五、个人在日常生活中的其他消费行为分析

水、电、气是个人日常生活中的必需品。个人在对水、电、气的消费中，环境不友好、资源不节约的现象比比皆是。虽然个人和单个家庭对于水、电、气资源的消耗量比较小，但是，就整个社会而言，这些资源消耗的总量却是相当可观的。以水资源为例：据估计，一个关不紧的水龙头一个月流掉 1～6 立方米的水，一个漏水的马桶一个月流掉 3～25 立方米的水。据统计，以家庭洗衣用水为例，洗衣用水占到全部家庭用水的 1/3。一般普通洗衣机洗一次衣服用水多在 150～

---

① 《中国建设报》，2006-8-17。

180 升之间。目前我国城市洗衣机社会保有量约 1.2 亿台，以每周 3 次使用频率粗略估算，全部洗衣机每年耗水量至少 30 亿立方米。如把这些洗衣机全都换成节水洗衣机，一年大约能节出 714 个昆明湖。① 日常生活中一些生活习惯和细节直接地影响着水资源利用。在个人对于水资源的消费中，不讲节约、铺张浪费的现象还非常严重。不良的生活习惯和不谨慎的细节如：用抽水马桶冲掉烟头和碎细废物；土豆、胡萝卜先洗后再削皮；蔬菜先冲洗后再择；用水期间去开门、接电话、换电视频道而不关水龙头；停水时忘关水龙头，来水时水流没人管等。根据节水专家分析，只要改掉这些不良习惯，就能节水 70% 左右。

日常生活中浪费水、电、气等资源的原因有多种，其中，节约观念，节水、节电、省气等意识缺乏，不健全的水、电、气资源价格体制，节能知识和节能技巧的宣传不力等。

第三节　建设"两型社会"与对个人消费行为的法律规制

一、用法律手段促进个人消费观念的转变

传统的消费观念是很难改变的，钱怎么花主要是个人的事，国家不可能通过法律手段加以控制。但是，用法律手段促进人们消费观念的转变却是可能的。而且，正是消费观念的难以改变性和其在指导人们消费行为上的重要性，使得我们用法律手段来促进个人消费观念的转变又具有必要性。

用法律手段促进个人消费观念转变的根本途径是实现环境教育的法律化。所谓环境教育是指着眼于人类同其周围环境的关系，为使人们正确地理解人与环境究竟具有何等关系的一种教育。加强环境教育，培养人们新型的环境价值观是调整人与自然关系的关键。应当加强环境教育，把环境教育作为系统教育的一部分，并通过立法把这种教育贯穿基础教育、高等教育、继续教育、专业培训和党校教育中，使环境教育正规化、制度化、专业化、法律化。要系统地普及环境保护基础知识，环境保护法律、法规，引导公众从社会主义新文明的角度认识个人消费行为与环境资源的关系，倡导环境文化，培养公众的环境危机意识，使生态消费的理念成为全社会的共识和一种得到普遍奉行的价值观，使参与环保成为社会成员的一种自觉行为。

环境教育法律化是提高国民环境意识的重要保障。环境意识的普遍提高又将极大地改变着人们的消费观念。生态消费观念让人们从一个自然的征服者和掠夺

① 《爱护水资源，做好东道主》，http://www.eduzhai.net/article/229/fanwen_313178.html，2009-6-15。

者转变成尊重自然、善待自然、自觉维护自然稳定与和谐的调节者。

二、立法强化个人消费者的环境义务

通过立法明确个人作为消费者时应该履行的环境义务，一方面，有利于绿色消费、生态消费模式的构建。借助于法律的刚性调节作用，在法律中规定消费者在消费时应该承担的环境义务，从而引导其消费行为向更有利于环境保护和资源节约利用的方向转变，由此最终促进绿色消费、生态消费模式的构建进程。另一方面，有利于提高消费者的素质。通过立法赋予强制性的手段，保证消费者环境义务得以落实，可以引导其消费行为，进而形成合理、和谐、理性的社会消费秩序，并影响更多潜在的消费者形成良好的消费习惯，遵守和谐的社会消费秩序。这个过程的实质就是消费者素质提高的过程。

消费者的环境义务包括倡导性的义务和强制性的义务。前者主要是鼓励消费者应当遵守的环境保护和资源节约义务，不具有强制性，如消费者应遵循环境友好、资源节约的原则，进行适度消费的义务；优先选用有利于环境友好、资源节约的商品的义务，消费者在消费中减少或者杜绝使用一次性制品、减少垃圾产生量的义务，在消费结束后，分类回收垃圾，减少污染物排放量的义务；进行环境保护知识和个人节约技能传播的义务等。后者则是要求消费者必须遵守的环境保护和资源节约义务，具有强制性，如日常消费中承担必要的污水处理费用、垃圾清运费用、不得随意向水体、空气等排放有毒有害物质等义务。强制性义务不履行将受到法律的制裁。鉴于两种义务的不同特点，立法在确定消费者的环境义务时应当强化消费者的强制性环境义务，以加大环境与资源保护的力度，更好地促进"两型社会"建设。

三、完善以税收调节为主的消费导向机制

消费者在消费的过程中，始终关心的是个人利益的得失。要引导其消费行为向环境友好、资源节约的方向上转变，最有效、合理的手段是建立和完善科学、合理的消费导向机制。税收是国家宏观调控的重要杠杆，建立健全以税收为主要调节手段的个人消费者激励机制，在引导消费者理性消费方面具有重要意义。我国在引导消费方面最重要的是消费税。消费税于1995年开始实行，最初只是注重其聚财意义。2006年4月对消费税进行了改革，赋予了消费税一些新的内容，但是，在抑制过度消费、保护环境、节约利用资源等方面，消费税的调节机制仍然没有得到很好的体现。其他税种如关税对引导消费者理性消费、保护环境、节约资源也具有重要意义。

借鉴美国、欧盟各国的经验，应该从立法上完善以税收调节为主的消费导向机制。首先，应该明确消费税在"两型社会"建设中的重要作用，将保护环境和

节约资源，作为消费税的主要功能之一。其次，扩大奢侈性消费的范围。针对日益增多的奢侈性消费行为，应该在立法中明确奢侈性消费的范围，对其课以较高的、带有惩罚性意味的税率。再次，开征新的税目，包括燃油税、垃圾税和特种商品税①。开征燃油税可以减轻我国资源、特别是油气资源紧缺的压力，开征垃圾税可以减少个人消费领域的排污量，开征特种商品税有利于减少对环境的损害，节约利用资源。最后，在关税上，对进口的环保消费品采取适当的减免税收措施，以便降低进口环保消费品价格，把消费者的消费偏好吸引到环境友好型、资源节约型产品上来。

---

① 此处的特种商品，特指对环境有害、资源再生利用缓慢或不能的商品，如含汞的电池、不可降解或降解周期漫长的塑料制品等。

参 考 文 献

保罗·萨缪尔森,威廉·诺德豪斯.1999.微观经济学.第十六版.萧琛译.北京:华夏出版社

博登海默·E.2004.法理学法律哲学与法律方法.邓正来译.北京:中国政法大学出版社

蔡守秋.2003.调整论——对主流法理学的反思与补充.北京:高等教育出版社

陈德敏.2005.挑战与策略:中国资源安全法律保障.北京:法律出版社

黄锡生.2005.水权制度研究.北京:科学出版社

利澳波第·A.沙乡的沉思.侯文蕙译.北京:经济科学出版社

吕正伦,文正邦.1999.法哲学论.北京:中国人民大学出版社

马克思恩格斯.1974.马克思恩格斯全集.第四卷.北京:人民出版社

那什.1993.自然的权利——环境伦理的文明史.松野弘译.TBS布里塔尼卡株式会社

斯坦.1989.西方社会的法的价值.北京:中国人民公安大学出版社

汪劲.2000.环境法律的理念与价值追求.北京:法律出版社

亚历山大·基斯.2000.国际环境法.张若思译.北京:法律出版社

中国科学院可持续发展战略研究组.2006.2006中国可持续发展战略报告——建设资源节约型和环境友好
    型社会.北京:科学出版社

Kant I. 1958. Schriften zur Metaphysic und Logics . Wiesbaden